AF211995

Weil ich immer so traurig war, weil ich so oft weinte, weil ich oft sterben wollte, weil ich mich vor allem in den stationären Therapien belogen fühlte, weil ich Angst vor dem Essen hatte, Angst vor den Folgeschäden meines Diabetes hatte. Weil ich mich ungeliebt und unverstanden fühlte, weil ich nicht wusste ob ich lebe oder schon längst tot bin ...... habe ich dieses Buch geschrieben, mir alles von der Seele geschrieben.

Seit zwei Jahren lebe ich wieder und bin allen dankbar die mir dabei geholfen haben.

Vor allem meinem Mann, der mich nie aufgegeben hat und durch den ich zu dem Menschen geworden bin, der ich heute bin. DANKE!

Ich widme dieses Buch allen Betroffen!

Andrea M.

Diabetes und Bulimie - zum „Kotzen"

Erfahrungsbericht über meinen Diabetes, meine Anorexie und Bulimie.

Biografie

@ 2008 Andrea M.
„Herstellung und Verlag: Books on Demand,
GmbH, Norderstedt
ISBN-13: 9783837078855

VORWORT

Ich erkrankte mit 14 Jahren an Diabetes, davor war ich immer wieder in Krankenhäuser wegen zahlreichen anderen Erkrankungen, unter andern auch Zwei Hüftoperationen im Alter von 9 Jahren.
– Krankenhauskarriere sozusagen –
Bis zu meinem 23. Lebensjahr, immer wieder Krankenhäuser. Dann kamen Anorexie (Magersucht), Bulimie (Ess-Brech-Sucht), Bordeline (Persönlichkeitsstörung) dazu. Selbstverstümmelung, nach einer (Vergewaltigung).
Mit drei unterschiedlichen stationären Therapien in psychomatischen Kliniken, versuchte ich mein Leben so gut es ging wieder in den Griff zu bekommen, doch es war ein schwerer Kampf, den ich erst nach Jahren fast gewonnen hatte. Im Gegensatz zur Anorexie (Magersucht) ist die Bulimie besser zu verheimlichen, doch obwohl man „normal" aussieht, hinterlässt die Bulimie an einem auch Spuren. – Dunnes Haar, Verletzte Speiseröhre, Spuren an den Fingern durch das selbst herbeigeführte Erbrechen usw.
Zahlreiche Beziehungen und Freundschaften gingen damals in die Brüche, aufgrund der Essstörung.

Wie schwer ist der Tagesablauf einer Diabetikerin mit Essstörungen? Wie schwer ist es den Blutzucker konstant zu halten, wenn man abnehmen will? Als eines Tages mal wieder einer von meinen Beziehungen in die Brüche ging, aufgrund meinen hohen Blutzuckerwerte und der Ess-Brecht-Sucht, setzte ich mich an den PC und fing erst an, all meine Erlebnisse aufzuschreiben. Ich hatte mich jedes mal hingesetzt und immer wieder hingesetzt um zu versuchen, für jeden Satz, die richtigen Worte zu finden, sondern schrieb aus meinen Erinnerungen heraus, ohne großartig über den Satzbau oder der Formulierung nach zu denken. Vieles kam wieder in mir hoch und ich wurde mit den alten Geschehnissen wieder konfrontierte wurde. Vieles fiel mir wieder nach und nach ein, vieles was ich verdrängt hatte. Als ich es fertig hatte, dauerte es jetzt noch mal einige Jahre bis ich mich entschied es doch noch zu veröffentlichen.

Ich weiß dass einige sich in manchen Sachen wieder erkennen werden, sich selbst in jener Situation wieder finden.

Ich heiße Andrea, bin heute 28 Jahre alt und wurde in Rumänien geboren. An meine Kindheit habe ich nicht all zu tolle Erinnerungen. Meine Eltern waren recht arm aber sie achteten immer drauf, dass wir sauber gekleidet und immer was zu essen hatten. Mein Bruder ist zwei Jahre jünger als ich und ich war schon anfangs eifersüchtig auf ihn, weil er recht verwöhnt wurde und er der Jüngere ist und ihm mehr Beachtung geschenkt wurde. Einmal wollte ich ihn sogar vom vierten Stock aus dem Balkon werfen. Ich sperrte ihn oft im Kleiderschrank ein, wie es halt so zwischen Geschwistern ist, zwar nicht bei allen Geschwister, bei uns zumindest. Aber wenn unsere Eltern sich mal wieder gezofft hatten, was sehr häufig vorkam, hielten wir immer zueinander.

Meine Mutter ist eine sehr hübsche und sensible Frau. Als sie 19 war, war sie mit mir schwanger. Von meiner Großmutter erfuhr ich später mal, dass sie meinen Vater drei Monate, nachdem sie sich kennen lernten, geheiratet hat. Ich glaube es war auch ihr erster richtiger Freund.

Mein Vater war früher oft sehr schlecht gelaunt, immer in einem genervten Zustand. Er ist zehn Jahre älter als meine Mutter und war in unserer Kindheit kaum da, also zog uns meine Mutter die meiste Zeit alleine groß, aber ich glaube es war auch besser so.

Er war nach Deutschland geflüchtet zu unserer Verwandtschaft. Nach einiger Zeit tauchte er wieder auf und der Stress ging wieder von vorne los. Fast täglich hatte er Streit mit meiner Mutter, wurde auch handgreiflich, verbot ihr den Kontakt zu ihren Eltern, also zu meinen Großeltern usw.

Am liebsten war ich immer bei meinen Großeltern, da wohnte auch meine Sandkastenfreundin. Ich wollte von da schon gar nicht mehr weg, und immer als meine Eltern mich abholten, war das Heulen riesengroß. Am liebsten hatte ich meinen Opi und das ist heute noch so.

Er unternahm sehr viel mit mir, ging mit mir in den Tiergarten, zu Veranstaltungen und zum Fußball, aber er hatte auch ein Problem, den Alkohol durch den er immer sehr aggressiv wurde. Zwar nicht uns Kinder gegenüber aber meiner Oma.

Wir mussten oft nachts ins Freie flüchten, und die Nacht auf der Straße verbringen. Erst als wir von draußen kein Licht mehr in der Wohnung sahen, trauten wir uns wieder in die Wohnung.

Ich weiß nicht warum und weshalb, aber mit der Zeit wurde ich zur Bettnässerin. Wenn mein Vater es mitbekam kassierte ich natürlich wieder Prügel. Er meinte ich wäre nachts zu faul aufzustehen und aufs Klo zu gehen. Aber es war nicht so. Ich hatte meist so einen tiefen Schlaf, dass ich es nicht mitbekam wenn ich aufs Klo musste und dann ging es halt ins Bett. Natürlich versuchte ich es zu vertuschen. Nahm einen nassen Waschlappen mit

Waschmittel, versuchte den Urin weg zu schrubben und es hinterher mit dem Föhn zu trocknen, anschließend bezog ich schön das Bett. Es wurde jedoch problematischer, als es dann jede Nacht passierte. Ich habe mal da was gelesen, dass es auch daran liegen kann, wenn Kinder zu sehr zur Sauberkeit erzogen werden, und meine Eltern haben uns so erzogen. Wir mussten den Dreck oder die einzelnen Krümel vom Teppich mit der Hand beseitigen bis alles weg war.

Oft wurden wir wegen Kleinigkeiten immer gleich bestraft. Ich hatte das Gefühl dass mein Vater uns schlug, weil er einfach nichts weiter zu tun hatte oder weil er gefrustet von der Arbeit kam und an uns seinen Frust auslassen musste. Ich kann es ehrlich nicht sagen warum er damals so war, aber so war er nun mal und wir kannten ihn nicht anderes. Mein ganzes Leben bis zum heutigen Tag, hatte ich noch nie erlebt dass meine Eltern zu uns sagten, dass sie uns lieb haben.

Es gab dann Schläge mit dem Gürtel, mit dem Gummistock oder wir mussten Stunden lang in einer Ecke knien. Meine Mutter war machtlos, und sie war ihm hörig. Da nutzten uns auch keine Entschuldigungen, außer dem war ich immer diejenige die alles ab bekam, weil mein Bruder jünger war als ich. An zwei Sachen kann ich mich sehr gut noch erinnern und werde sie auch niemals vergessen. Mein Bruder war gerade in die Schule gekommen und ich wollte ihm bei den Hausaufgaben helfen, indem ich sie für ihn in seinem Heft geschrieben habe. Meine Eltern sahen es natürlich an meiner Schrift und dann war das Theater wieder groß. Beim zweiten mal war es schlimmer. Meine Eltern waren gerade beim Einkaufen und mein Bruder und ich spielten im Wohnzimmer wo auch meine scherbehinderte Oma (Vaters Mutter) im Bett lag und sich nicht bewegen konnte. Sie war dazu noch taubstumm. Wir hatten im Wohnzimmer einen älteren Schrank mit einer Bar. In einem ungeschickten Augenblick schaffte ich es diese Bar irgendwie kaputt zu machen. Meine Verzweiflung war groß und ich wusste was auf mich zukommen würde, wenn meine Eltern jeden Augenblick vom Einkauf zurück kommen würden. Obwohl meine Oma behindert war und in ihrer Bewegung sehr eingeschränkt, verstand sie was passiert war und wollte versuchen vergebens aufzustehen um uns zu helfen, aber auch wenn sie es noch geschafft hätte, es wäre zu spät gewesen, denn in diesen Augenblick ging schon die Tür auf und meine Eltern kamen rein. An die darauf folgenden Augenblicke kann ich mich nur wage erinnern, nur das ich heulend am Boden lag, mein Vater mit den Füßen auf mich eintrat, mit den Fäusten einschlug und meine Mutter daneben stand. Vor lauter Angst hatte ich sogar in die Hose gemacht, und konnte einige Tage lang nicht in die Schule weil ich überall blaue Flecken hatte.

1988 hatte ich dann einen schweren Unfall beim spielen an einem Lager-haus. Eine Stahltür von einer Lagerhalle, die nur angelehnt war fiel beim Spielen auf mich drauf und ich hatte eine riesige Platzwunde, knapp an der Schläfe. Sie sagten ich hätte sehr viel Blut verloren. Im Krankenhaus blieb meine Mutti bei mir. Jeden Abend gab es eine Spritze die sehr schmerzvoll war aus einer Glasspritze, wie es sie früher ja gab.

1989 flüchteten dann meine Eltern mit meinem Bruder (ich blieb bei den Großeltern, in Rumänien) nach Italien zu meiner Tante, Onkel und Cousin, von da aus dann nach Deutschland, wo ich kurze Zeit später mit meinen Großeltern nachreiste.
Die erste Zeit in Deutschland lief genauso ab wie in Rumänien, Streitereien zwischen meinen Eltern usw. In der Schule war ich sehr zurückgezogen, schüchtern, hatte kaum Anschluss oder Freunde. Ein Jahr später folgten zwei Hüftoperationen wo einiges verpfuscht wurde und ich somit gehbehin-dert bin.
Es fing damit an, dass ich ständig Schmerzen in der rechten Hüfte hatte. Konnte kaum mehr laufen. Meine Mutti ging damals mit mir zu einem Or-thopäden, der mich dann nach Rummelsberg ins Krankenhaus ein wies.
Ich hatte eine Hüftdisplasie, eine Verformung der Hüfte. Ich war erst 9 Jah-re alt und sehr sportlich und gelenkig bis zu jenem Zeitpunkt.
In der Kinderklinik folgten weitere Untersuchungen, ich bekam Gewichte an meinen Fußenden damit sich das Bein nach außen dehnt für die OP.
Soweit ich mich noch erinnern kann, war die erste OP nicht so schlimm, der Schnitt war auch nur einige Zentimeter lang, würde schätzen, so 10cm. Sie legten eine Platte rein aus Kunststoff und befestigten diese mit Schrauben, die nach einem halben Jahr wieder raus mussten. Ich war insgesamt vier Wochen im Krankenhaus.
Das halbe Jahr verging schnell, kaum dass ich nicht mehr die Krücken be-nötigte, musste ich wieder rein, um das Material entfernen zu lassen. Ein bisschen Angst hatte ich anfangs schon, doch im Krankenhaus war diese Angst wieder verflogen, denn ich wusste ja schließlich wie es beim ersten mal war.
Ein Tag vor der OP, tobte ich noch herum, die Schwester kam am Abend und räumte all die essbaren Sachen aus meinem Nachtkästchen, denn ich musste ja nüchtern bleiben, also nach Mitternacht nichts mehr essen oder trinken.
Ich kam gleich am nächsten Tag in der Früh dran, doch wie gesagt, ich hatte keine Angst, dafür hatte ich umso mehr Angst als ich aus der Narkose wie-der erwachte und meine Beine nicht mehr wahr nehmen konnte. Ich weiß noch dass ich sehr geweint hatte, dass ich immer wieder der Kranken

schwester gesagt hatte, dass ich meine Beine nicht mehr spüre. Hatte Angst dass ich keine Beine mehr hatte, aber die waren nur taub, ja und ich lag mit beiden Beinen in einem Gipsbett. Von oben bis unten in einem Gipsbett. In der Mitte des Gipsbettes ein Loch, damit ich auf die Schüssel konnte. Drei Dränagen, wo das schmutzige, restliche Blut abfließe... ich weinte die ganze Zeit, ich weinte drei Tage und Nächte. Die Schwestern waren schon verzweifelt. Ich musste mich damit abfinden. Da lag ich nun ein ganzes Monat im Gipsbett und nur auf dem Rücken.

Nach einem Monat, wurde der Gips aufgeschnitten und ich durfte tagsüber ohne Gips im Bett liegen. Die ersten paar kleine Bewegungen waren sehr schmerzhaft und als ich es endlich geschafft hatte beide Beine, im Bett gerade, nebeneinander zu legen, bekam ich erst einen Schrecken. Das rechte Bein, also das operierte Bein war ca. 10cm länger als das andere. Weinend rief ich meine Mutti an, die anschließend ins Krankenhaus kam und sich selbst davon überzeugte.

Soviel ich weiß, hatten sie mich schief ins Gipsbett gelegt und dadurch hatte ich nun einen Beckenschiefstand. Sie meinten es würde wieder werden. Es wurde auch wieder alles, aber erst nach fast einem Jahr. Nach einem Jahr Krankengymnastik, Schuherhöhung usw. brachte ich das Bein von einer Verlängerung von ca. 10cm auf nur noch 2cm. Trotzdem wurde es nie wieder wie es davor mal war. Ich konnte mein Bein, bis zum jetzigen Zeitpunkt, nur noch 30Grad anwinkeln, mehr ging nicht. Insgesamt verbrachte ich nach der zwei- ten Operation, drei Monate im Krankenhaus.

Ich hatte noch Glück im Krankenhaus, Schulunterricht zu bekommen, so ver-passte ich nicht viel vom Schulstoff.

Dann folgte der Beginn meines Diabetes. Ich fuhr mit meinen Eltern nach langer Zeit mal wieder zurück nach Rumänien, zu Besuch. Schon auf der Hinfahrt fühlte ich mich ständig so komisch, immer dieser Durst, und ständig müde und immer wieder aufs Klo Gerenne. Jeder sagte zu mir ich hätte so viel abgenommen, ob ich Diät machen würde. Das viele Trinken war besonders schlimm für mich wegen dem Bettnässen und wenn ich natürlich auch Nach-mittag schlief, passierte es da natürlich auch. Meine Freundin die stark über-gewichtig war, war ständig von mir genervt weil ich zu nichts mehr fähig war, nicht mehr leistungsfähig. Aber ich machte mir auch ein bisschen Sorgen um sie weil ich sie oft dabei erwischte, dass sie in ihrem Zimmer saß, mit einem Eimer vor sich, und kotzte. Damals waren mir die Begriffe Essstörungen, Magersucht oder Bulimie total fremd. Wenn ich sie fragte was los sei, meinte sie nur ihr wäre schlecht, sie hätte Probleme mit dem Magen. Ich gab mich damit zufrieden. Klar machte ich mir um sie wie

terhin Sorgen aber ihr schien es meistens hinterher besser zu gehen, also schenkte ich der ganzen Sache keiner großen Beachtung.

Damals mit 13 Jahren lernte ich auch meinen ersten Freund in Rumänien kennen und war so richtig verliebt. Mir ging es so richtig gut aber das Heulen war trotzdem groß, als ich erfuhr dass unser Urlaub zu Ende sei und ich ihn wieder bis zu einem ganzen Jahr nicht sehen würde.

Ab diesem Zeitpunkt änderte sich aber mein komplettes Leben. Dinge passierten, und kamen auf mich zu, die ich nie gedacht hätte, und schon gar nicht das ich eines Tages solche Dinge erleben werde, die ich erlebt habe. DIABETES, BAUCHSPEICHELDRÜSENENDZÜNDUNGEN mit Ständigen.,Intensivauenthalte. SELBSTVERLETZEN, VERGEWALTIGUNG) Bulimie uvm.

Es war an einem Tag im Februar als meine Mutter in der Früh ins Zimmer zu mir kam und mir sagte dass sie zum Arzt müsse und ob ich mit ihr mit möchte weil es mir ja seit einiger Zeit auch nicht so gut ginge. Mir war es ganz recht denn in der Schule hätten wir heute eine Schulaufgabe geschrieben, auf die ich mich nicht sonderlich gut vorbereitet hatte.

Im Arztzimmer vermutete meine Mutter schon als Diagnose, Diabetes, und dem Arzt war das gar nicht recht, dass meine Mutti die Diagnose stellte. Er fragte mich zu erst aufgrund meines Untergewichts, ob ich mich zu dick fühlen würde und abnehmen möchte. Ich verneinte, denn ich war 14Jahre alt und zum damaligen Zeitpunkt machte ich mir noch keine Gedanken um mein Aussehen oder meinem Gewicht. Ich war 160cm groß und hatte ein Gewicht von 39Kg. Der Arzt stach mich in den Finger, nahm ein bisschen Blut und sagte was von einem Blutzuckerwert, von 400mg. Meine Mutter heulte nur noch und ich hatte keine Ahnung was auf mich zukommen würde. Erst als meine Mutti mir sagte dass ich ab jetzt, nichts mehr Süßes essen dürfte, fing ich zu weinen an und dann auch noch sofort ins Krankenhaus. Ich dachte damals dass die Ärzte mich im Krankenhaus wieder gesund machen würden und ich dann wieder Süßigkeiten essen darf.

Zuhause nutzte ich noch die Gelegenheit und verschlinge gierig einige Süßigkeiten, meine letzte Gelegenheit bevor ich ins Krankenhaus musste.

Im Krankenhaus erzählten die mir von Broteinheiten und Insulin. Die Sache mit dem Insulin hatte ich verstanden, und auch das ich ab nun an mich zwei-mal am Tag spritzen muss. Immer wieder fragte ich wie lange ich den spritzen müsste, doch ich bekam erstmal von keinem eine Antwort. Einige Zeit später kam in der Früh so eine komische Frau und fragte mich wie viele BE s ich am Tag, in der Früh, Mittag und Abends haben möchte, nicht zu vergessen, die Zwischenmahlzeiten. Was waren genau BEs, wie musste ich noch mal rechnen? Die Diätassistentin drückte mir eine Broschüre in die hand, wo alle Lebensmittel mit Brennwert, BEs usw. aufgezeigt waren. Dann bekam ich auch noch meinen Anschiss, weil ich ihr nicht von Anfang an gleich gesagt hatte, wann ich zu hause in der Früh Frühstücke, sie müsse schließlich alles genau für mich berechnen und einplanen.

Die mästeten mich da regelrecht mit 24BEs am Tag. Mittlerweile wusste ich ja schon, was zu berechnen ist und was nicht. Trotzdem musste ich immer unter Aufsicht der Schwester, alles aufessen, sogar den Käse und die Wurst, die hatten doch gar keine Broteinheiten?! Ich nahm 10 Kg zu. Dennoch machte ich mir da noch keine Gedanken um mein Gewicht Jetzt wusste ich auch dass ich nicht eher Heim konnte, bis ich das mit dem Spritzen gelernt hatte. Immer wenn die Schwester mit der Insulinspritze kam saß ich erst mal eine halbe Stunde mit der Spritze in der Hand, und kurz vor dem Einstechen, in den Bauch, traute ich mich nicht mehr. Das andere, wie Insulin aus der Ampulle aufziehen usw. konnte ich und war auch stolz drauf nur das Spritzen konnte ich nicht.

Eines Abends kam die Schwester mit einer Apfelsine, bei der ich das Spritzen üben sollte. Ich dachte nur so einen Blödsinn, der Apfelsine wird es kaum wehtun, also stocherte ich gelangweilt in der Apfelsine herum. Tage vergin-gen und ich saß noch immer im Krankenhaus, nur wegen dem Spritzen üben.

Dann kam mal eine ganz liebe Schwester, die mir zeigte dass man nicht ruck-artig, sondern auch langsam die Nadel einführen kann und dies schaffte ich dann doch irgendwann.

Zurück in der Schule war ich stolz allen meine Insulinspritzen zu zeigen, mein Messgerät, und sie über so manches zu informieren. Ich achtete sehr auf meinen Blutzucker. Wenn meine Mutti was kochte rannte ich gleich hinterher, um zu kontrollieren, ob sie es auch richtig berechnet hatte.

Ich verschenkte in der Schule Einwegspritzen den Jungs, keine Ahnung was die damit vorhatten, evtl. mit Wasser damit durch die Gegend spritzen. Bis der Schulleiter mich zu ihm holte, da einige Eltern angerufen hatten und Angst hatten dass ihre Kinder was mit Drogen zu tun haben. Auf solche I-deen bin ich damals noch nicht gekommen. Somit wurde mir untersagt, Spritzen weiter zu verschenken.

Das einzige was mich aber störte war ständig die Bemerkung, ich sehe ja so gut aus und hätte so schön zugenommen. Immer wieder bekam ich es zu Ohren, machte mir aber ein Jahr lang keine Gedanken um mein Gewicht, erst als ich es auch von meinem allerersten Freund zu hören bekam, der spindledürr war, man könnte meinen magersüchtig (klar wirkte ich in seiner Anwesenheit ziemlich fett). Meine erste große Liebe, der aber in Rumänien lebte, und ich ihn zweimal im Jahr zu Gesicht bekam. Aber es gab ja Telefon und man schrieb sich Briefe. Damals war mir gar nicht bewusst welch ein Arsch er doch war. Er warf mein Geld nur so zum Fenster raus, oder gab es mit seinen Kumpels aus. Es kam auch mal vor das er mir eine Ohrfeige gab, mich beleidigte, oder mir sagte wie fett ich doch sei und mir würde es doch reichen, wenn ich nur von Luft und Liebe leben würde. Natürlich bekamen es meine Eltern mit, wie er mich behandelte und mein Vater verbot mir den Kontakt zu ihm. Aus Angst vor meinem Vater hielt ich mich natürlich daran. Für mich brach eine Welt zusammen. Ich empfand es doch gar nicht so schlimm wenn mein Freund mich schlug.(Damals war es zumindest so, es war normal für mich) Ich war es vielleicht von meiner Kindheit her gewohnt, geschlagen zu werden Es gehörte dazu, es war nicht schlimm, er liebte mich doch, mein Vater liebte mich doch bestimmt auch ,und schlug mich, also warum dieses Drama.

All die Erlebnisse aus meiner Kindheit hatten Auswirkungen auf mein spate-res Leben. So wird mir heut bewusst, dass ich immer den Arschlöcher von Typen hinter her gerannt bin und heulte wenn sie mich verließen, die mich belogen, betrogen mich ausnutzten und am liebsten wäre es mir noch gewes-en, wenn sie mich schlugen, denn dies war für mich erst das Zeichen. dass er mich auch wirklich liebt. Die Anderen, die lieb, nett, treu, am liebsten alles für mich getan hätten, die schickte ich nach kurzer Zeit in die Wüste, die interessierten mich nicht. Es war schwer damit klar zu kommen, weil ich es nicht kannte, außerdem wieso sollte sich jemand für mich so aufopfern, ich habe es doch nicht verdient und wer sollte mich hässliche Kuh, und so fett wie ich war, lieben? Ich kannte es damals noch nicht. Ich konnte mit dem Wort Liebe nichts anfangen. Mit meinen damaligen ersten Freund Adrian, so hieß er, war ich drei Jahre lang zusammen, mehr oder weniger. Denn wir sahen uns nur zwei Mal im Jahr. Immerhin hatte ich mit Adi meine Ersten sexuelle Erfahrungen gemacht, ob von seiner Seite aus Liebe dabei war bezweifle ich.

Ich hatte oft mal die Schnauze von Männern voll. Konzentrierte mich, zurück in Deutschland auf mein Qualli, den ich natürlich auch schaffte.

Ab diesen Zeitpunkt, da war ich gerade 16 Jahre alt begannen so meine ganzen Probleme.

Ich wollte weg von Zuhause weil meine Eltern sich so oft stritten und immer alles an mir ausgelassen wurde. Zuvor musste ich aber noch mal in die Kinderklinik nach Fürth, da mein Blutzucker neu eingestellt werden sollte. Ich musste ab jetzt 3mal am Tag spritzen. Die Schwestern und die Diätassistentinen waren alle sehr nett zu mir und ich durfte mir selbst den Speiseplan erstellen. Ich durfte diesmal auch in der Stationsküche an den Kühlschrank und meine BEs austauschen, mein Insulin lag auch drinnen.

Ich hatte plötzlich Angst zu zu nehmen wie damals, beim ersten Krankenhausaufenthalt in Ansbach, also beschloss ich Diät zu machen da ich diesmal sogar meinen Speiseplan selbst erstellen durfte und selbst entscheiden durfte, wie viele Broteinheiten ich zu mir nehmen möchte. Ich versuchte einen Speiseplan mit täglich 500kcal zu erstellen. Leider wurde er nicht genehmigt aber 800 oder bis 1000kcal war auch OK. Es machte mir sehr viel Spaß mich tag täglich in der Kinderklinik hin zu setzen und immer wieder und auch ganz viele unterschiedliche Speisepläne zu erstellen, Kcal aus zu rechnen, BEs aus zu rechnen und sie dann meiner Diätassistentin zu präsentieren. Ich war stolz darauf einen ganzen Tagesplan zu erstellen und dabei immer weniger kcal zu erzielen. Durch die neue Insulineinstellung hatte ich die Aufgabe einen ganzen Tag, nichts zu essen, damit meine Basalrate berechnet werden konnte. Ich schaffte es ohne Probleme und merkte, dass ich durch das Kaugummikauen gar kein Hungergefühl hatte. In der Früh ersetzte ich meine BE s durch Kakao. Nach zwei Wochen, nachdem ich entlassen wurde, versuchte ich das Schema fortzuführen, ohne Erfolg. Bekam Heiß-hungerattacken benötigte mehr Insulin, da ich drauf achtete das mein BZ passt und in normalen Bereicht liegt. (normal= 80mg-130mg Blutzucker) außerdem hatte ich nun einen Pen, musste nicht mehr mit der Einwegspritze das Insulin aus der Ampulle aufziehen, denn das Insulin für die Pens waren bereits in Ampullen. Es war viel leichter damit, als dieses ewige aufziehen der Spritze. Aber ich nahm zu und dabei wollte ich doch Diät halten bzw. mein Gewicht halten.

Dachte mir dann, was am Anfang geklappt hat, muss nun auch funktionie-ren. Ich aß also wie ich gerade Lust hatte und ließ öfter mal das Insulin weg. Nur wenn es mir wirklich mal so dreckig ging, dass ich einen Wert von HI hatte (BZ über 600mg%) spritze ich halt mal 20 Einheiten auf einmal. Eines Tages erwischte mich meine Mutti, als sie beim Aufräumen unter meinem Bett lauter Süßigkeiten fand. Sie bestand darauf unter ihrer Aufsicht, dass ich mei-nen BZ messe. Natürlich war der Wert katastrophal. Sie schrie mich an und haute mir eine runter, dann nahm sie mich doch in die Arme und ich glaube dieses Gefühl war das schönste seit langem. Sie machte sich halt Sorgen, und ich wollte weiterhin irgendwie abnehmen doch das konnte mei-ne Mutti nicht verstehen. Da ich das schnell wirkende Insulin hatte, welches chemisch hergestellt ist und sofort wirkt, sobald es mit dem Blut in Kontakt kommt, kam mir die Idee wie bisher weiter zu machen. Um gute BZ-Werte zu erzielen, mischte ich Insulin und das Blut in eine Spritze und gab immer einen Tropfen davon auf meinen Teststreifen, so würde das Messgerät im-mer gute Werte anzeigen, obwohl mein BZ mal wieder bei HI war. Es funk-tionierte, hi, hi. Auf so eine Idee muss man erst mal kommen. Natürlich wunderten sich trotzdem die An-deren, denn ich trank ganz viel Wasser, war müde und rannte ständig aufs Klo. Versuchte es immer so unauffällig wie möglich zu vollziehen. Bloß nicht zu viel reden, denn mit so einem ho-hen Blutzuckerwert, trocknete mein Mund beim Reden so schnell aus, dass meine Lippen zusammen klebten und ich kaum meinen Mund mehr auf-brachte. Dann war da noch der Acetongeruch, wenn mein Keton im Urin zu hoch war. Es riechte angeblich, wie verfaulte Äpfel. Ich selbst merkte im-mer nichts, nur meine Mutti sagte dann immer: „Geh und miss mal deinen Blutzucker, du riechst so stark nach Azeton". Dann durfte ich nur hoffen, dass meine Mutti nicht mitgeht um nach meinen Blutzucker zu sehen, sonst hätte ich meinen Trick nicht anwenden können. So bescheißte ich meine Mutter und mich und zeigte ihr den Wert am Messgerät erst, nachdem ich das gemischte Blut mit dem Insulin schon auf den Teststreifen drauf hatte. Es kam auch mal vor, dass mein Mischverhältnis von Blut und Insulin nicht stimmte, ich in Wirklichkeit einen Wert von über 600mg% hatte und bei meinem Trick kam ein Wert von 32mg% raus. Meine Mum rannte dann los und gab mir noch was Süßes, was ich dann gar nicht brauchen konnte, son-dern kämpfte mit einer Austrocknung. Selbst Schuld!

Ich wollte wegen dieser Kontrolle meiner Mutter dringend weg, und bewarb mich in Puschendorf im Altersheim als Praktikantin und sie waren begeistert von meinem Wissen, doch als ich erzählte dass ich Diabetes hatte, sah die Sache wieder ganz anders aus. Die Arbeit machte mir Spaß, nur diejenige, die mit mir im Angestelltenheim auf mein Zimmer war konnte ich nicht so richtig leiden.

Jetzt lies ich das Insulin fast täglich weg, fühlte mich trotzdem anfangs noch fit, ging zur Arbeit die mir riesigen Spaß machte und aß ab und zu morgens und abends was. Ich nahm wunderbar ab, aber der Ketonteststreifen im Urin verfärbte sich immer mehr und ich fing an bei jeder Kleinigkeit zu atmen, als würde ich Marathon laufen, lies mir nichts anmerken, heulte aber oft bei den Bewohner im Altersheim auf den Zimmern.

Einmal war ich mal wieder am aufräumen vom Mittagsgeschirr, merkte wie ich mich kaum auf den Beinen halten konnte, ließ immer wieder etwas fallen und wurde oft wegen meinen blauen Lippen angesprochen. Mir war kotz übel.

Am nächsten Tag fuhr ich Heim, ich konnte kaum auf den Beinen stehen, mein Atem war so schwer, meine Augen konnte ich kaum aufhalten vor Müdigkeit. Mir war klar dass ich ins Krankenhaus musste wegen Stoffwechselentgleisung und einer akuten Bauchspeicheldrüsenendzündung.

Zwei Wochen lag ich auf der Intensivstation und bekam kaum was mit, selbst meinen Besuch nahm ich nicht wirklich wahr. Alles war mir egal, war nur am Schlafen und hatte wegen dem hohen BZ und der Bauchspeicheldrüsen sehr starken Durst. Bekam aber weder zu Essen (was mir ganz recht war, da ich sowieso abnehmen wollte) noch zum Trinken. Das nichts trinken können, war am schlimmsten, denn durch den hohen BZ war ich ständig ausgetrocknet. Wenn ich die Kraft dazu hatte fing ich an zu weinen, und sie kamen mit einem Mundspray oder Wattestäbchen die nach Zitrone schmeckten, und noch mehr Durst verursachten. Wenn ich zu laut wurde, spritzten sie mir ein Mittel und ich schlief sofort wieder ein. Wenn meine Mutti kam, weinte ich immer da ich so Durst hatte. Sie ließ mich in unbeobachteten Augenblicken, aus dem Zahnputzbecher, etwas Leitungswasser nippen. Insgesamt war ich 4 Wochen da, aber eine Lehre war es mir trotzdem noch nicht, denn ich war ab nun fast jeden dritten Monat auf der Intensivstation. Die kannten mich schon alle. Eines Tages fragte mich sogar ein Arzt ob ich hier arbeiten würde. Es war immer der gleiche Ablauf. Bei normalen BZ-Werten, lagerte sich Wasser in meinen Körper ein. Ich fühlte mich unattraktiv, fett, fühlte mich unwohl in meiner Haut. Wollte abnehmen. Ließ den BZ, durch Spritzauslass ansteigen, dann nahm ich ab, es kam zur Stoffwechselentgleisung und zu einer Bauchspeicheldrüsenendzündung.- Krankenhaus – Intensivstation. Null Diät, Kostaufbau, normale Station und wieder Entlassung.

Irgendwann wurde ich in Puschendorf gekündigt, weil ich so oft krank war, weil ich ohne das Wissen meiner Eltern einfach so nach Rumänien gefahren war, nachdem ich aus der Wohnung meiner Eltern den Reisepass geklaut hatte. Mir wurde alles zu viel. Obwohl mir die Arbeit mit den alten Leuten viel Spaß bereitete, fühlte mich da Geborgen, bekam Anerkennung, Lob...... . hielt ich es trotz allem nicht aus,

Ich hatte für die Busfahrt mein erstes Gehalt dafür genommen, blieb so lange in Rumänien, bis mein Geld zu Ende war, und das ging schnell, denn ich lud jeden Tag irgendwelche Freunde, meiner Freundin in Lokals ein, in die Disco, bis ich kein Geld mehr hatte, ich wusste nicht mal ob mir das Geld für die Rückreise langen würde. Ich war also gezwungen zurück zu kommen. Meine Eltern waren echt sauer. Es dauerte ziemlich lange bis wir wieder ein normales Verhältnis zueinander hatten.

Aus meinem Tagebuch:

1997 lernte ich meinen zweiten Freund Christian kennen, es war der Cousin meiner besten Freundin. Ständig hatte ich Angst, dass er mich zu dick finden würde. Er hatte, ich schätze mal 140Kg, aber es störte mich nicht. Im Gegenteil, ich kam mir in seiner Anwesenheit nicht so fett vor. Natürlich bekam er es auch mit, dass ich mit meinem Zucker herum experimentierte, und er kannte sich damit aus, denn beide Omis von ihm hatten Diabetes. Ich liebte ihn und wollte ihn deswegen nicht verlieren, also begann ich wieder immer weniger zu essen und ich weiß nicht mehr wie es anfing oder wie ich auf die Idee gekommen war, immer wieder das Essen zu erbrechen, indem ich mir den Finger in den Hals steckte. Es funktionierte aber ganz gut. Dies konnte ich wenigstens verheimlichen und mein Blutzucker war auch öfter ganz OK.

Es war so eine Sache, wenn ich schon vorher wusste, dass ich abends bei ihm sein werde und wir kuscheln werden, aß ich den ganzen Tag gar nichts, aus Angst das mein Bauch zu dick ist und er es merken würde, mich vielleicht sogar zu fett findet, oder sich vor mir ekelt. Es war immer so, dass wenn er mich umarmte, ich völlig verkrampft die Luft anhielt, damit mein Bauch nicht so dick wirkte. Alle Früh stand ich auf der Waage. Nahm ich nur ein paar Gramm ab, war ich glücklich. Waren es einige Gramm mehr, war ich schlecht gelaunt, fühlte mich unwohl und fett und war deprimiert. Die Krankenhausaufenthalte nahmen ihren Lauf, es wurde nichts besser.

Ein paar mal musste mich Chris auch auf der Intensivstation besuchen und bekam es mit, wie ich dahin vegetierte. Da ich noch bei meinen Eltern wohnte bekam er es nicht so sehr mit, wie es ablief mit meinem Diabetes und er Diät.

In jenem Jahr schaffte ich es trotz allem dann doch auf die Kinderpflege-schule zu gehen und lernte da meine bis jetzt noch allerbeste Freundin Anja kennen. Sie wohnte in Nürnberg, wo meine Eltern und ich kurze Zeit später auch hinzogen und wir alle Früh mit dem Zug nach Ansbach in die Schule fahren mussten. Christian konnte Anja nicht sonderlich gut leiden, er war immer der Meinung sie würde unsere Beziehung gefährden. Anja mochte Chris auch nicht, sie hatte bis jetzt noch keinen Freund gehabt und war ei-fersüchtig, wenn ich mit ihm zu viel Zeit verbrachte. Außerdem machte er sich Sorgen, denn seit ich Anja kannte machte ich mit ihr immer öfter blau, gingen oft nicht in die Schule. Als Ausrede hatte ich immer den Diabetes und Anja war immer diejenige die mich nach Hause begleiten musste. Oft puderte ich mein Gesicht mit Babypuder ein damit ich extrem blass aussah, und die Lehrer uns Heim schickten. Wir und zwei andere Mädels waren die Außenseiter in der Klasse, weil wir immer zusammen rum hingen und auch mal zu viert Schule schwänzten. Oft ließen wir auch Sachen mitgehen aus der Schule, wie Bastelpapier, Buntstifte, Briefumschläge usw. In der Schule hatte ich weiterhin das Problem mit dem Diabetes, musste oft in 10 Minu-tentakt auf die Toilette um Wasser zu trinken, aus dem Wasserhahn. Oft kam ich gar nicht mehr vom Wasserhahn weg. Es war so, als würde das Wasser meinen Durst nicht löschen, als hätte ich gar nichts getrunken. Ich wusste nicht mal mehr wie es ist wirklich Durst zu haben, kannte gar nicht mehr das Gefühl. Anja stand oft unruhig und in Eile wieder ins Klassen-zimmer zu kommen, neben mir und zählte von 10, rückwärts da ich immer länger am Wasserhahn. Anja bekam die meiste Zeit meinen Zustand mit dem Diabetes mit, da wir sehr oft zusammen waren. Oft ging alles Schlag auf Schlag. Wir waren z.B. mal zusammen in Ansbach unterwegs als ich starke Schmerzen bekam und Anja den Notarzt rufen musste. Wieder Bauchspeicheldrüsenentzündung. Ich kam ins Ansbacher Krankenhaus.
Wir hatten damals in der Klasse einen einzigen Jungen, den Kristoph. Ich dachte mir damals schon dass er verdammt gut aussah, aber bestimmt nichts von mir will da er ständig mit einer Blondine zusammen war, die total hübsch war. Außerdem hatte ich ja den Christian. Trotzdem gefiel mir der Gedanke, ihm zu gefallen. Es gab mir Bestätigung, dass ich nicht zu häss-lich, zu fett bin, dass ich für andere Jungs auch noch attraktiv bin. Deshalb wunderte mich um so mehr als er mich mal im Krankenhaus besuchte, wo ich mal wieder mit einer Bauchspeicheldrüsenendzündung drinnen lag. Der arme Christian, wusste gar nicht, was ich ihm damit angetan hatte, denn immer wenn Kristoph kam, schickte ich Christian Heim. Versuchte ihn ei-fersüchtig zu machen indem ich es provozierte, dass er mich mit Kristoph Händchen haltend sah usw. Ich muss zu jenem Zeitpunkt wirklich nicht ganz normal gewesen sein. Kein normaler Mensch macht so was. Vor allem nicht wenn man mit jemanden zusammen ist und der Meinung ist denjeni-gen zu lieben. Was ich anscheinend doch nicht tat, sondern mir evtl. nur

versuchte ein zu reden ihn zu lieben. Ich beendete aber das Spielchen, denn Christian tat mir echt Leid.

Ich liebte aber Kristoph nicht, wirklich nicht, wahrscheinlich liebte ich keinen, ich liebte ja nicht mal mich, doch ich wusste es ja nicht. Es war mit Kristoph ein kurzes Techtelmechtel und ich kehrte zu meinem Schatz zurück. Wir hatten aber immer öfter Streit, wegen Kleinigkeiten, wegen meinem schlecht eingestellten Zucker und weil er so eifersüchtig war und zu sehr klammerte. Ich hatte das Gefühl keine Luft zu bekommen, es war ein beklemmendes Gefühl. Es waren auch Streitereien wegen meines Essverhaltens. Oft gingen wir zusammen aus, irgendwo was essen (war immer froh, wenn wir einen Tisch bekamen im hintersten Eck, wo mich am besten keiner sehen konnte) und da bestellte ich mich schon eine Kinderportion, und schaffte selbst diese nicht zu Essen. Oder wir waren bei seinen Eltern zum Essen ein-geladen und ich wollte nicht mitgehen, damit ich nichts essen muss.

Eines Abends hatten wir mal wieder Zoff, ich war in der Tanzschule mit Katja, da eine Party statt fand und er, er war beim Fußball. Er wollte nach dem Fußball vorbeischauen und ich war dagegen, denn ich kannte mittlerweile seine Eifersuchtszenen und wusste, ich könnte dann mit keinem anderen Mann mehr tanzen wenn er erst mal da ist. Er kam trotzdem und ich war geladen. Ich schrie ihn erst an, dann ging ich ihm aus dem Weg und spielte die Beleidigte. Der arme Chris ging. Wahnsinn, normalerweise freut man sich doch, wenn der Schatz kommt…ich nicht.

Was war nur mit mir los? Er liebte mich doch und ich ihn, also wollte ich mich am folgenden Tag bei ihm entschuldigen. Normalerweise hätte ich in den Kindergarten gesollt, weil wir gerade Praktikumstage hatten aber ich beschloss zu ihm in die Arbeit zu fahren. Da ich bis zu seiner Mittagspause noch Zeit hatte, kaufte ich mir was zu Lesen und ging in den Park. Es war Vormittag. Kein schönes Wetter.

Ich setzte mich auf eine Bank, als ein älterer Herr in Arbeitskleidung sich ne-ben mich setzte und anfing sich ganz normal mit mir zu unterhalten. (Auch wenn es mich oft stört wenn irgendwelche Männer oder Typen mich anreden, traue ich mich nicht was böses zu sagen oder möchte auch nicht gleich un-freundlich sein oder dass es so rüber kommt. Aber diesmal wurde meine Freundlichkeit zum Verhängnis). Und eigentlich widerspricht sich der Satz davor wieder, denn es gefiel mir ja, wenn ich angesprochen wurde, mir Komplimente gemacht wurden…..Wir waren also so im Gespräch, er bat mir einen Kaugummi an, zwei Arbeiter die an den Basketballkörbe was reparierten waren auch kurz da, an sonst kein Mensch zu sehen. Es war ein ganz norma-les Gespräch über Gott und die Welt, als es anfing zu regnen aber zum Glück dachte ich, sind gleich gegenüber die Frauen- und Herrentoiletten. Der Mann und ich standen auf und liefen zu den Toilettenhäuser.

Er fragte mich, ob ich nicht rüber in die Herrentoiletten kommen möchte da könnten wir uns weiter unterhalten aber ich lehnte ab. Es wäre mir peinlich gewesen. Kurze Zeit später kam er rüber zu mir, und er erkundigte sich laut, ob da noch jemand sei. Er stellte sich gegenüber von mir und hielt die Tür offen. Er stellte mir dauern so komische Fragen, ob ich mit meinem Freund schon Sex gehabt hätte usw. Ich sei sehr hübsch und hätte alles was eine Frau haben müsste, dabei kam er mir immer näher und meinte ich müsse keine Angst haben. Die Tür fiel zu. Ich konnte nicht mehr klar denken, kam mir vor wie in einem schlechten Film. Heute kann ich nicht mal mehr sagen was genau in jenem Augenblick in mir vorging, ich nahm es gar nicht so wahr, es war noch keine richtige Angst da die ich empfand, die kam erst später. Er drückte seinen schwaren Körper gegen meinen, und damit gegen die Wand. Er begann mich im Nacken zu Küssen und ich war wie gelähmt. Ich wollte ihn anschreien, was sagen, doch es kam kein Laut, es war als hätte ich einen Klos im Hals. Dann streichelte er mich mit seinen ekligen rauhen Händen. Ich sank zu Bo-den, konnte nicht mehr stehen, hatte keine Kraft. Weder zu stehen noch zu schreien. Ich heulte leise vor mich hin und wollte es immer noch nicht wahr haben was da geschah. Ich heulte immer mehr und mein Heulen wurde lauter, obwohl es nicht viel brachte. Wer hätte mich hören sollen? Wann sollte jemand kommen? Er öffnete seine Hose und zerriss mein Oberteil. Mir war so übel, als er meinen Oberkörper be-rührte und streichelte. Meine Hose ging auf und er lag auf mir drauf. Zuerst spürte ich seinen ekligen Körper, ich hörte seinen schweren Atem, hatte da-bei die Augen zu und erst jetzt bekam ich es mit der Angst. Seine schmutzi-gen rauen, eklige Finger und dann.... Er war total erregt ich merkte es an seinem Atem nur mir blieb langsam die Luft zu atmen. Es tat so höllisch weh und ich war machtlos. Mein ganzer Körper tat weh, ich war starr wie ein Brett, meine Seele tat weh....und selbst heute, nach Jahren kämpfe ich noch mit Flashbacks. Als ich in darum bat aufzuhören und immer lauter weinte, drückte er mir fast die Kehle zu. Ich konnte nicht mehr war wie tot und fühlte mich auch so. Es wurde kurz still. Ich wurde auch still. Er nahm trotzdem seine Hände nicht von meinem Hals und drückte weiter Ich wollte leben also brachte ich meine restliche Kraft auf. Ich kann heute nicht mal mehr sagen wie ich mich genau von ihm befreien konnte, habe aber ich schaffte es nur bis zur Toilettenkabine, denn da stand er kurz darauf hinter mir und wollte weiter machen. Ich weiß nicht wie ich es geschafft hatte ich konnte weg, ich konnte raus, fliehen. Der Mann rief mir noch hinterher ob er mich Heim fahren soll.

Alle Leute sahen mich auf der Straße entsetzt an und ich fühlte mich immer noch wie betäubt keiner von den Leuten sprach mich aber an. Ich frage mich ob jemand etwas unternommen hätte, wenn derjenige es mitbekommen hätte.

Da die Arbeitsstelle meines Freundes nicht weit war, lief ich da hin, aber er war nicht da. Gerade an diesem Tag war er nicht in der Arbeit. Also fuhr ich heulend Heim und rief meine Freundin an die sofort kam. Später erzählte ich es meinen Eltern und meinem Bruder, der sich am meisten aufgeregt hatte. Meine Mutti nahm mich in den Arm, und bei meinem Vater hatte ich das Ge-fühl das er es mir nicht ganz glaubte, oder er es auch nicht wahr haben wollte. Ich rief auch meinen besten Kumpel an und erzählte es ihm denn ich hatte Angst schwanger zu werden. Es gingen mir so viele Dinge durch den Kopf, die Bilder, die Angst… mein Kumpel ist dann am nächsten Tag mit mir zur Frauenärztin und ich hatte ihr was vorgelogen um die Pille danach zu bekommen. Mein Kumpel versuchte mich auf zu muntern, zählte Kindernamen auf was mir noch mehr Angst bescherte. Am Abend als mein Freund kam, der krank geschrieben war und das auch nur wegen mir, da er ziemlich fertig von meinem Verhalten war. Ich erzählte es ihm, er glaubte es mir nicht, lachte nur, meinte nur wir Frauen würden nur absichtlich heulen und ich verstand wirk-lich die Welt nicht mehr, obwohl ein bisschen konnte ich ihn doch verstehen, denn zwei Wochen davor hätte mir schon so was passieren können.

Ich war mal am HBF und ein Typ sprach mich an dass ich so gut aussehen würde und fragte nach meinem Alter. Er meinte er wäre von einer Modell-agentur und sucht Mädels z.B. für die Bravo Love Story. Sein Problem war das ich erst 17 war und die Unterschrift meiner Eltern benötigte. Ich glaubte ihm natürlich seine ganzen Geschichten, denn meine Mutti und ich hatten kurz davor ein paar Fotografen rum laufen sehen am HBF. Dann meinte er ich müsse üben erotisch auszusehen, meinen Gesichtsausdruck, und nahm mich mit in eine Zugkabine. Wir gingen in einen Abteil der 1.Klasse. Er zog die Gardinen an den Türen der Kabine zu, öffnete meine Hose und begann unter rumzufummeln und meinte ich muss dabei stöhnen. Natürlich machte ich mit, wäre doch super gewesen, ich als neue Claudia Schiffer und wie stolz wäre erst Christian gewesen. Das Ganze wurde durch Fahrgäste unter-brochen zum Glück. Ich war natürlich hinterher noch immer happy, aber hatte von dem Typ keine Nummer, gar nichts, nur er meine Anschrift. Nachdem mir aber die Sache im Park passiert ist dachte ich hinterher ganz anders, will mir nicht ausmalen wie dass verlaufen wäre, wenn die Fahrgäs-te nicht dazwischen gekommen wären.

Die Nacht darauf, nach diesem schrecklichen Erlebnis konnte ich gar nicht schlafen. Dauernd gingen mir die Bilder vom Geschähen durch den Kopf. Am nächsten Tag musste ich natürlich in den Kindergarten, fühlte mich je-doch gar nicht in der Lage. War total müde, weil ich die ganze Nacht nicht geschlafen hatte und wollte nur meine Ruhe. Mein Vater kam irgendwann genervt rein. Mir war klar das ich jetzt aufstehen musste und los zum Kin-dergarten. Ich verpasste auch noch meinen Bus und musste laufen. Gerade Mal am Kindergarten angekommen, brach ich kurz davor zusammen. Ich weiß nicht wie lange ich da schon lag aber als die Kinder nach draußen in den Garten durf-ten, fanden sie mich auf den Boden liegen. Die Erzieherin rief sofort den Rettungswagen und ich kam ins Krankenhaus. Hatte einen Nervenzusammenbruch gehabt.

Die Ärzte meinten ich soll den Mann anzeigen, aber ich hatte Angst vor ihm, und wer würde mir glauben, es gab keine Zeugen.

Meine Eltern holten mich dann auch noch auf eigener Verantwortung aus dem Krankenhaus, denn sie wollten nach Rumänien in den Urlaub fahren. Christian dagegen wollte dass ich bei ihm bleibe aber ich war ganz froh etwas Abstand von ihm zu haben. Sexuell lief natürlich nach der Sache was mir passiert ist gar nichts mehr. Wir hatten es zwar einmal miteinander versucht, weil ich auch Angst hatte das er mich verlassen wird aber es ist irgendwie und auch Gott sei Dank schief gelaufen bzw., nicht zum Sex gekommen.

Wir haben wie immer so miteinander gekuschelt, machte Späße, über das Kondom weil es nicht mehr lange haltbar war....

Er legte eine CD ein, und drehte sie ganz laut auf. Da er natürlich noch keine eigene Wohnung hatte, lebte er mit bei seinem Vater im Haus, der zu jenem Zeitpunkt oben im Wohnzimmer war.

Ich lag so auf ihn drauf, wobei mir immer nur ein Gedanke durch den Kopf schoss, hoffentlich bin ich ihn nicht zu schwer. Ich versuchte mich auf ihn zu konzentrieren aber es gelang mir nicht. Hatte Angst das es weh tun würde, mir war übel, ich ekelte mich vor ihm, wünschte mir das es schnell vorbei ist, und das Gefühl gelähmt zu sein war auch wieder da. Ich hatte einfach meine emotionalen Gefühle einfach abgeschaltet. (Abschalten = Ich lasse keine Gefühle zu. Weder von außen, noch von meiner Seite aus. Gefühle werden unterdrückt, wie z.B. Traurigkeit, Einsamkeit, das Bedürfnis nach Geborgenheit.)

Als wir also dabei waren heftig rum zu schmusen, hörte er plötzlich auf. Ich hatte die ganze Zeit meine Augen zu und dachte nur vielleicht hatte er es ja bemerkt dass ich im Grunde gar keine Lust habe, oder abgeschaltet habe und freute mich ein bisschen. Öffnete meine Augen und es schien vom Flur, Licht ins Zimmer. Blickte Richtung Tür und da stand sein Vater, dem es auch unangenehm schien und uns bat die Musik etwas leiser zu drehen, und ging wieder.

Ich hatte mich so sehr geschämt, dass ich eine Zeit lang gar nicht mehr mich hin traute zu seinem Vater aber es war damals auch meine Rettung.

In Rumänien, im Urlaub war auch mein Cousin aus Italien da, denn ich sehr lieb hatte, schon als kleines Kind. Er war neben meinem Opa eine Art Bezugsperson. Natürlich traf ich da auch mein Ex. Laut meinen Eltern, durfte ich ja keinen Kontakt mehr zu ihm haben, aber mein Cousin traf sich öfter mit ihm, und so schaffte ich auch es wieder mit ihm ins Gespräch zu kommen. Meine Eltern bekamen es irgendwann mit und mein Vater war stink sauer. Jetzt setzte er mich vor der Entscheidung, entweder Adi oder Christian. Ich konnte meine Gefühle nicht mehr ordnen, war durcheinander, wusste selbst nicht was ich wollte und aus Angst vor Adi, entschied ich mich für ihn. Ich entschied mich vielleicht aus dem Grund für Adi, da ich ihm nicht nahe sein müsste, konnte, hatte Angst seit der Vergewaltigung, vor Nähe, Gefühlen, Berührungen, Beziehungen in denen ich zu sehr eingeengt wurde. Auch vor dem Verletzt oder dem Verlassen werden. Enttäuscht zu werden..... Jetzt musste ich es irgendwie Christian beibringen. Als ich es ihm sagte nachdem ich aus dem Urlaub wieder zurück war, war er total fertig, weinte ständig und ich, ich war eiskalt. Ich verstand mich selbst nicht mehr. Nach einer gewissen Zeit entschied ich mich dann doch wieder für Christian. Aber es war nichts mehr wie vorher. Ich war noch immer total gefühllos, und im Bett lief gar nichts mehr. Bei jeder Gelegenheit die mir geboten wurde, versuchte ich ihn eifersüchtig zu machen. Mir war nie bewusst was ich da eigentlich machte. Ich hätte aber genauso gut mit x Männern schlafen können wenn ich abgeschaltet hatte, was natürlich nie der Fall war.

Durch meine Clique lernte ich dann einen anderen kennen und machte mit Christian Schluss. Dieser Typ war ein ganzes Stück älter als ich, war Alkoholiker und drogensüchtig und saß schon ein paar Mal im Knast. Irgendwann dachte ich, sei es doch nicht das Richtige und Wahre also beendete ich wieder diese Beziehung, wenn man es überhaupt als eine solche bezeichnen kann. Meine Mutti war glaube ich auch glücklich denn sie sah mich schon in ihrer Vorstellung mit den anderen, saufen, Drogen nehmen und dass ich evtl. total abrutsche. Ich hätte ihr x mal versichern können dass ich keine Drogen und keinen Alk zu mir nehme, sie glaubte es mir wahrscheinlich doch nicht. Nein wirklich, Drogen kamen für mich nie in Frage, obwohl ich oft mit dem Ge-danken spielte, da ich mal mitbekam dass man beim Kiffen so viel essen kann wie man will, man würde nicht zunehmen. Klang verlockend.
Wollte wieder zu Christian zurück, aber ich hatte alles kaputt gemacht. Anja, man glaube es kaum hatte auch damals eine Beziehung, eine sehr komische. Sie versuchte Chris für mich anzurufen und zu überreden, doch er wollte nicht mehr was für jeden Verständlich war, nur für mich nicht. Ich war nur noch am heulen, Tag und Nacht, sogar in der Schule, mitten im Unterricht. Dann ging auch noch Anjas Beziehung in die Brüche. Sie war unerfahren und es war ihr erster Freund. Hatte aber schon ihre eigene Mietwohnung und war umso stolzer als sie mal für ihren Besuch eine Fertigpackung „Spaghetti" hin bekam. Von dem, was ich gehört hatte, war ihre Beziehung nicht recht normal. Sie hatte Angst ihn zu küssen, ich weiß nicht mal ob sie es überhaupt geküsst hat. Vielleicht hatte sie ja Angst dadurch schwanger zu werden, ich versteh und verstand es damals nicht. In meinen

Augen war es keine Beziehung aber anscheinend für sie. Für Anja hatte dies viel an Bedeutung, denn als er Schluss machte, wegen einer anderen war sie am Boden zerstört.

So, nun saßen wir beide Tag täglich bei mir oder bei ihr, hörten Kuschelrock und heulten ständig dabei. Es nervte mich schon ein bisschen die Probleme von Anja anhören zu müssen, und ständig über ihr Ex, wo ich doch selbst Probleme hatte, aber ich glaube ich nervte sie auch mit dem Problem - Christian.

Wir verbrachten viel mit einander, waren oft zusammen weg. Auch wenn Anja es auch nervte, die Sache mit meinem hohen BZ. Ich hielt es oft nicht lange in einer Disco aus, da ich mehr am Wasserhahn hin und am Klo saß als dass ich tanzte. Einmal gingen wird ins „Fun" (Disco) wir liefen so lange, ich konnte nicht mehr, meine Beine taten weh und Anja tröstete mich immer mit dem Satz: „Andrealein, wir sind bald da"! und dann dauerte es noch mal 20Min. bis ich sie erneut fragte ob es noch lange dauern würde. Wieder bekam ich das Gleiche von ihr zu hören. Da ständig am trinken war, da mein BZ extrem hoch war, musste ich dringend auf die Toilette, aber woher eine nehmen? Wo war eine Toilette? Ich musste ganz dringend. Vor lauter Verzweiflung, ging ich in ein Hochhaus und pinkelte da die Kellertreppen runter. Anja lachte sich kaputt und ich war erleichtert. Als wir nach stundenlangem laufen endlich angekommen waren, gefiel uns die Musik nicht und wir beschlossen wieder nach Hause zu fahren, jaaaa, zu faaahren. Ich war so froh als wir bei Anja wieder waren und ins Bett konnte. Doch die Nacht war noch nicht gelaufen, denn Anja hörte abends gerne TKKG zum einschlafen (ich mochte mehr Bibbi Blocksberg). Immer wenn ich kurz vor dem Einschlafen war, weckte mich Anja wieder und kontrollierte mich ob ich auch wirklich der Kassette zuhörte. Also musste ich ihr erzählen was bis dahin im TKKG Teil, passiert war. Sie konnte schon nerven, aber ich habe sie sehr gern. Und auch wenn wir mal Streit hatten, egal wie schlimm es war, uns konnte nichts und niemand trennen. Wir fanden immer wieder einen Weg. Unsere Freundschaft wird für immer halten.

Bei meinen Eltern lief es z.Z. auch nicht sehr toll. Vati war von 9.00 Uhr Früh bis nachts 3.00 Uhr weg und Mutti wartete weinend. Ich wollte mit ihr reden, aber sie wollte nicht. Ich glaube auch dass sie wieder irgendwelche Tabletten genommen hatte. Mit Vati hatte ich auch kurze Zeit später Streit. Ich hatte ihn wegen irgendwas angelogen und er bekam es raus.

Er meinte das er mich das nächste verprügeln würde, zu mir dürften keine Freunde mehr kommen, und er würde das Telefon ausschalten, auch wenn ich mal den Notarzt rufen müsste, wäre es ihm scheiß egal. Sollte ich doch lieber verrecken.

Mutti habe ich meine Meinung gesagt, denn wenn ich es ihm sagen würde wäre ich wirklich tot. Obwohl ich heute weiß, er hatte es damals nicht so gemeint und unser Verhältnis heute ist besser als je zuvor.

Sie traute sich aber auch nichts zu sagen, denn sie hat selbst Angst vor ihm. Ich war die ganze Zeit am Heulen, wieso weiß ich selbst nicht so genau. Ein Freund kam vorbei und beruhigte mich ein bisschen, doch ich musste noch mehr weinen, als mein Bruder ins Zimmer kam und mir sagte, wir würden dem nächst nach Fürth ziehen. Schon wieder weg ziehen! Ich war so ver- zweifelt, dass ich wieder anfing alles Mögliche in mich hinein zu stopfen und wieder erbrach. Wenn meine Eltern zu Hause waren, fuhr ich manch- mal irgendwo hin, wo es eine Toilette gab, um es wieder zu erbrechen. Oft hatte ich auch so Fressanfälle auf Süßigkeiten und aß meinem Bruder all die Süßigkeiten weg und dann rannte er heulend zu Mutti und ich bekam dann Ärger. Wenn keiner zu Hause war, musste es immer schnell gehen mit dem Essen. Ich stellte mich nicht hin und kochte was. Wenn ich mal eine Pizza in den Ofen schob, dann nur kurz, sie war dann halb gefroren, aber das war mir in dem Augenblick eines Fressanfalls egal. Es wurde sowieso nicht richtig gekaut, sondern nur herunter geschlungen, ich hatte gar keine Zeit. Ich hätte bei einem Wettessen locker mitmachen können, denn es war der Wahnsinn in welcher Zeitspanne man Unmengen an Essen verschlingen kann. Dann kam es noch vor, dass ich für ein paar Tage das Essen ganz weg ließ, war trotzig und dachte nur „wenn ich keine Süßigkeiten essen darf dann halt gar nichts." Hielt es aber nicht lange aus, wollte durch meine Sturheit nichts vor den anderen essen, damit sie sich Sorgen machen muss- ten. Das Wort dafür ist: Beachtung, damit sie mich fragen was mit mir los ist, aber nichts der gleichen passierte, außer das meine Mutti mich vielleicht anschrie und wenn ich weinte, erst recht. Ich hatte Angst zu erwähnen wenn es mir schlecht ging, es auch zu zeigen. Sie waren immer böse auf mich, hatte ich zumindest den Eindruck bzw. so empfand ich es. Deshalb, egal wie Scheiße es mir auch ging, ich sagte immer dass es mir gut ginge. Nie- mand hatte was bisher was von meinen Essstörungen mitbekommen, konnte es sehr gut verbergen, außer meine Freundin Katja, bei der ich oft übernachtet hatte und auch oft kotzen war, und die Mutter von Anja meinte auch mal, dass mit meinem Essverhal-ten etwas nicht in Ordnung sei. Nur die ahnten was. Für mich war alles ganz normal, ich machte mir über mein Essverhalten keine Gedanken. Mein Hals tat schon weh von so viel Gekotze. Aß den ganzen Tag nichts, bis zum Abend und dann hatte ich Heißhunger, und stopfte wieder alles Mögliche rein. Manchmal dauerte ein Fressanfall nur wenige Minuten, manchmal aber auch bis zu einer Stunde, dann musste a-ber die Voraussetzung gegeben sein, das ich alleine zu hause bin. Vor dem Fressanfall war ich immer sehr angespannt, und unruhig. Manchmal plante ich schon meinen Fressanfall im voraus. Dann kaufte ich schon dafür ein und plante es in meinen Tagesablauf mit ein. Oft kam er aber auch unvorhersehbar. Auch wenn ich mir vornahm, normal zu essen, und die Kontrolle zu behalten, schaffte ich es nie.

Jetzt musste ich wieder Plan B anwenden, denn Erbrechen ging nicht mehr, mein Hals schmerzte zu sehr und als einmal sogar Blut mit dabei war (hatte wahrscheinlich die Speiseröhre verletzt) ließ ich halt wieder das Insulin weg. Essen konnte ich nicht mehr mit einem Blutzucker von über 600mg% weil der Brechreiz da war, wenn ich Durst hatte trank ich im Bad Leitungswasser damit meine Eltern nicht mitbekamen dass schon wieder kein Mineralwasser, nach zwei Tagen da war. Mit der Zeit wurde dann auch das Reden problematisch, weil ich so schnell austrocknete und mein Mund auch trocken wurde. Ich nahm wieder ab, durch hohe BZ Werte, mein Bauch war sehr gebläht und ich wusste nicht weshalb, fühlte mich noch fetter als vorher, sah aus wie eine Schwangere im 9.Monat. Am Wochenende meldete sich wieder meine Bauch-speicheldrüse. Ich hatte starke Schmerzen, und immer dann bereute ich diesen Schritt getan zu haben und schwor mir es nicht mehr so auf diesem Wege abzunehmen. Meine Mutter natürlich wie immer, total genervt, was los sei. Ich versuchte die Schmerzen aus zu halten, spritzte Überdosen von Insulin, in der Hoffnung das die Schmerzen bald weg gehen, doch es brachte nichts und ich wurde ins Krankenhaus gefahren. Zu erst eine Woche Intensivstation. Dann kam ich auf die normale Station. Es war eine Diabetesstation. In der Früh gab es da immer ein Buffet, wo jeder seine BEs selbst aussuchen durfte. Es folgten Tag für Tag Untersuchungen. Dann Kostaufbau, und nach zwei Wochen durfte ich wieder Heim. Zu Hause hielt ich es vielleicht eine Woche aus, meinen Blutzucker konstant zu halten und auch an die vorgegebenen Broteinheiten mich zu halten, anschließend folgte wieder die Angst vor dem Dick werden und das Spiel begann aufs Neue.

Es kam auch die Zeit, wo ich mich nach jemandem sehnte, nach einem lieben Jungen, nach Liebe, Zuneigung, Geborgenheit, was Festes. Ich konnte nicht lange alleine sein. Jedes mal wenn ich jemand kennen lernte, war ich der Meinung verliebt zu sein und dass es der Mann meines Lebens wäre, aber ich glaube es war mehr die Angst vor dem Alleinsein. Ich setzte eine Anzeige in einer Zeitschrift um Jungs kennen zu lernen. Fünfzehn hatten mir geschrieben. Einer war total bescheuert, kannte mich nur vom Foto und hatte sich in mich verliebt, war mal wieder Jahrzehnte älter als ich (irgendwie hatte ich immer eine Anziehungskraft auf ältere Männern?!) und terrorisierte mich. Wollte sogar, von Berlin nach Nürnberg ziehen und an "Nur die Liebe zählt" schreiben. Langsam nervte es mich doch. Ich konnte nicht irgendwie böse wirken, wollte nicht dass jemand auf mich sauer ist. Es war eine Phase bei der ich jedem Typ den ich kennen lernte, meine Telefonnummer gab, sogar dem Schaffner aus dem Zug, den auch meine Mutter kannte. Meine Mutter flippte fast aus, eine Tragödie. Wenn ich mal jemand kennen lernte und ich mit demjenigen kurz was hatte, (die Typen machten immer Schluss) und es dann vorbei war, dachte ich immer es würde am Diabetes liegen und warum eine Kranke haben wollen, wenn er auch eine Gesunde haben kann. Doch ich glaube dies allein war es nicht mal. Es war mehr die Essstörungen. Ich konnte in keinem Restaurant essen, und schon gar nicht vor meinem Freund. Es hätte ja sein können, dass er denken könnte, ich würde zu viel essen, dass ich ein Vielfraß bin. Außer-dem durfte mich so gut wie keiner anfassen, zu Minderst die erste Zeit nicht, und ich brauchte x-mal die Bestätigung, dass ich nicht zu fett bin, sondern OK. Die konnten mir aber viel erzählen, ich glaubte ihnen sowieso kein Wort. Bei jeder Umarmung hielt ich jedes Mal die Luft an, um meinen Bauch flach zu halten. Ich atmete schon immer flach und nur in den Oberkörper und das ist bis heute noch so. Ich kann gar nicht mehr anders atmen. Um in den Bauch zu atmen, müsste ich mich anstrengen.

Im letzten halben Jahr dachte ich immer wieder an Christian. Manchmal führte ich sogar Selbstgespräche, sagte mir aber, dass es sich nicht lohnt einem Jungen hinterher zu rennen. Bei meinen Eltern herrschte auch mal wieder Zoff, es war schon Routine und eine Stille im Haus an die ich mich schon gewöhnt hatte. Einmal kam ich spät nach Hause und fand meine Mutter bei mir im Zimmer auf dem Boden liegend, sie schlief am Boden. Ich machte mir auch meine Gedanken, manchmal konnte ich bis nachts nicht schlafen und nahm dann eine Schlaftablette. Ich fühlte mich schon immer bzw. immer wenn es Mutti schlecht ging, fühlte ich mich für sie verantwortlich. Es machte mich traurig oft an zu sehen wie sie wegen meinem Vater oft leidet, und ich konnte ihr nicht helfen. Sie wollte auch nie darüber reden. Es belastete mich sehr.

SILVESTER 1999 Ich feierte Silvester bei Anja mit weiteren Freunden und Bekannte. Es war eine chaotische Nacht. Wir waren alle solo. Bis Mitternacht war noch alles OK. Anja und ich sangen Kindergartenlieder, verbrachten die meiste Zeit auf der Toilette mit Kassettenrecorder, Schüssel Nudelsalat und Alkohol. Die anderen schauten sich einen Pornofilm an, auf den wir keine Lust hatten. Nach Mitternacht war Anja total betrunken und bei mir ging es mal wieder mit der Bauchspeicheldrüse los. Hatte starke Schmerzen durch den Alkohol. Anja schrie eine ganze Zeit lang, weil sie mitbekam wie eine Freundin von ihr sich an ihren Bruder rann machte, sie nannte sie Schlampe, kündigte ihr die Freundschaft, stritt dann wieder alles ab, warf sie immer wieder raus und holte sie dann wieder zurück. Heulte und war total deprimiert. Während die Jungs in ihrer Küche koksten, tröstete ich Anja. Irgendwann langte es auch den anderen und sie gingen. Anja und ich blieben alleine. In der Früh hatten wir beide schwarz unterlaufene Augenränder, vom Heulen. Ich war im Gesicht weißer als Anjas Coutch und hatte starke Schmerzen, mein Blutzucker war seit Tagen wieder super hoch, hatte auch geschafft, schön ab zu nehmen. Ihre Eltern fuhren mich Heim, doch es wurde nicht besser. Drei Tage später lag ich wieder im Krankenhaus. Ich wartete eine halbe Stunde auf den Rettungswagen, fünf Stunden mit Schmerzen in der Aufnahme, eine Woche am Tropf, ohne Trinken und Essen. Dann bekam ich 500ml am Tag verteilt zum Trinken. Dann eine Woche lang nur Tee und Zwieback. Mit Brei ging es weiter.... Trotzdem nahm ich in der Zeit sechs kg zu. Alles war geschwollen, hatte Wasser in den Beinen, im Gesicht, in den Händen. Ich fühlte mich schrecklich, war nur am weinen, wollte keinen sehen bzw. so gesehen werden, wollte Heim Diät machen, wieder abnehmen und normal aussehen. Es folgten aber wie immer die gleichen Untersuchungen, wie beim letzten Mal. Eine Gastroskopie nach der anderen und eine Endoskopie. Ich hatte nie Angst vor einer Magen-Darm-Spiegelung gehabt aber dies-mal war es die Hölle. Normaler weise hätte die Endoskopie fünfzehn Minuten gedauert aber sie dauerte diesmal eine Stunde fast. Ich hatte dabei noch mehr Schmerzen als vorher und heulte nur noch. Ich bekam mit als sie dann sagten dass sie müssten müssen, da sie mit dem Schlauch nicht durch kommen würden. Es folgte dann nach ein paar Tagen noch eine Spiegelung und dies-mal klappte es. Es war auch in den letzten Tagen die Zeit der Unterzucker-ungen. Es ist komisch aber wenn ich immer im Krankenhaus war achtete ich sehr auf meinen Blutzucker. Hatte aber auch mehr Hunger, durch das Insulin. Stopfte alles Mögliche in mich rein, eine Weile ohne zu erbrechen und nahm dem entsprechend auch zu. Aber ich wusste auch, sobald ich wieder draußen bin kann ich das Insulin wieder weg lassen.

28

Februar ging ich auf Kur nach Bad Kissingen. Ich hatte gleich Anschluss ge-funden, trotzdem gab es oft Augenblicke wo ich mich sehr alleine fühlte und auf meinem Zimmer weinte, und mir wünschte jemand würde mich jetzt in den Arm nehmen. Ich wusste mein Gewicht. 61kg. Wollte am A-bend meine drei Scheiben Brot gegen einen Joghurt tauschen aber die Schwester erlaubte es nicht. In der Früh schaffte ich es aber das Essen ein-zutauschen, gegen einen Joghurt, da kam ein Mann auf mich zu, und fragte mich, ob es nicht ein bisschen viel wäre. Ich nahm es gleich persönlich auf, meine Gedanken kreisten wieder nur ums Essen, und beschloss mein Essen in Zukunft noch besser unter Kontrolle zu halten. Ich konnte aber diese Kontrolle nur eine Zeitlang durchhalten. Mir war klar dass bald darauf ein neuer Fressanfall fol-gen wird. Da ich meine BEs teilweise weg ließ, kam ich am Nachmittag in Unterzucker. Der Tag war bis am Abend voll geplant mit Anwendungen. Ich machte mir immer wieder Kopf ob ich zu dick sei. Mich grauste es wenn Wie-gen angesagt war, und alle anderen mein Ge-wicht mitbekamen. Von jedem den ich kannte benötigte ich die Bestätigung dass ich nicht zu dick sei, glaubte es aber sowieso nicht.

Meine Pens waren vorne bei den Schwestern im Schwesternzimmer. Die erste Zeit musste ich immer unter Aufsicht messen und spritzen. Aber ich hatte einen Vorrat an Insulin auf meinem Zimmer, falls ich zwischendurch einen Fressanfall bekomme und mein Zucker OK sein sollte also im Norm-bereich. Eines Tages bin ich in die Stadt und kaufte mir Süßigkeiten, die ich in mei-nem BH versteckte. Als ein paar Jungs aus der Klinik mich trafen, starrten sie die ganze Zeit auf meine Brüste. Klar die waren jetzt größer als sonst. Mir war es peinlich, musste aufpassen dass das Essen nicht aus dem BH flutscht. Es ging zum Glück alles gut und ich schaffte es unbemerkt bis ins Haus zurück. Im Zimmer .packte ich alles aus und versteckte die Sa-chen,
Martin lernte ich kennen, mit dem ich natürlich auch was hatte, wie immer aber für mich war es mehr und bedeutete viel mehr, bildete es mir wahr-scheinlich wieder ein. Ich hatte mich in ihn verliebt und wusste dass ich ihn nie mehr wieder sehen werde. Der Abschied war schrecklich, aber schrek-klicher war mein Gewicht, das Essen, ständig ans Essen zu denken. So be-schloss ich eine Zeit lang abends nur noch Salat zu essen. Da die Damen vorne am Buffet uns immer kontrollierten, ging ich erst vor, als ganz viele Leute da waren damit keiner was mit bekam, und es funktionierte auch. In der letzten Kurwoche entdeckte ich eine Frau, die so ein komisches Gerät immer mit sich trug und immer vor dem Essen, drückte sie auf einen Knopf, wobei das Ding immer Piepstöne von sich gab. Es machte mich neugierig und ich wollte nachfragen. Die Frau erklärte mir das Ding. Es war eine In-sulinpumpe, die durch einen Katheter am Bauch befestigt war. Ich fand es wirklich interes-sant, was ich alles darüber erfuhr. Mit so einer Pumpe

müsste ich nie mehr spritzen, könnte so viel essen wie ich wollte, oder gar nicht, und sogar aus-schlafen. Ich wollte auch so eine Pumpe und sprach meinen Arzt an, der mir die Pumpe zur Probe anlegte. Es war anfangs etwas ungewohnt. Nachts hatte ich am meisten Angst, und traute mich kaum zu bewegen denn es hätte ja sein können, dass der Katheter raus reist. Ich wurde nicht näher aber über die Pumpe aufgeklärt und bekam zum ersten mal Angst als irgend wann in der Früh die Pumpe das Piepsen anfing ohne das ich was gemacht hatte, und hörte nicht mehr auf. Ich drückte verzweifelt auf den Knöpfen herum, aber es geschah nichts. Mir blieb nichts anderes übrig als das Ding weg zu machen, und die Batterien raus. Der Arzt war allerdings nicht so sehr begeistert von der Idee mit der Pumpe, wegen meinen Essstörungen. Ich würde aber nicht aufgeben.

Es war mal wieder Wiegen angesagt aber ich ging nicht hin, und auch nicht zum Mittagessen. Mir ging es gar nicht gut. Hatte Bauchschmerzen wegen meiner Periode und ging zur Schwester, die mir zwei Schmerzmittel gab und eine Beruhigungstablette, aber ich hatte das Gefühl dass es schlimmer wurde. Hatte irgendwelche Wahnvorstellungen. Hörte bzw. bildete mir ein, dass die über meinem Zimmer Sex hatten, oder dass ständig jemand vor meiner Zimmertür auf und ab lief. Ich ging zu den Leuten an die Tür die ich kannte, damit die sich auch davon überzeugen konnten, dass ich es mir nicht nur einbildete, aber keiner war da, die waren alle bei den Therapien oder Schulungen. Also blieb mir nichts anderes übrig als wieder aufs Zimmer zu gehen und versuchen zu schlafen, was auch geschah. Irgendwann ging diese Kur auch zu Ende und ich vermisste die Leute schon. Sie gingen zum Abschied, für die, bei denen die Kur zu Ende war, zum Essen, aber ohne mich.Sie konnten mich nicht dazu überreden.

Ich hatte ziemlich viel in der Schule nach zu holen. Am liebsten wäre ich für immer dort geblieben, weg von allem, von den Problemen, Schule und den Eltern. Mein Vater war nach Rumänien gefahren und ich hoffte für immer. Hatte drei Monate in der Schule gefehlt und musste neun Schulaufgaben nachschreiben und im Kindergarten jede Woche zwei Beschäftigungen machen. Meine Erzieherin im Kindergarten war immer unzufrieden. Wenn sie und meine Lehrerin mir dabei zuschauten und mich benoten mussten, wollte die blöde Erzieherin mir immer zwei Noten schlechter geben. Mich kotzte alles so an. War wieder in der deprie Phase, was auch hieß - Spritzauslass. Machte mir irgendwelche Gedanken warum, weshalb alles so Scheiße ist, warum es nie richtig mit einem Mann bei mir klappt, usw. Ich sah schon öfter hässliche und dicke Paare bei denen alles wunderbar läuft, und bei mir? So schlecht sehe ich doch gar nicht aus. Warum machen alle nach kurzer Zeit mit mir Schluss? Ich glaube ich kann gar nicht lieben, weil ich schon als kleines Kind nie wirklich Liebe bekommen habe oder nur wenig. Wahrscheinlich weiß ich gar nicht was Liebe ist. Ich wollte immer geliebt werden aber selbst habe ich nie was an Liebe zurückgegeben, habe immer Panik bekommen, Liebe zurück gewiesen. Diese Angst, es könnte jemand denken ich sei zu dick, wenn mich jemand berührt. Also wenn mich einer umarmt hat, dann immer schön Luft anhalten und Bauch einziehen. Hoffentlich laufe ich nicht irgendwann blau an. Wie kann man überhaupt jemand der so unnahbar ist wie ich nur lieben? Ich aß einige Tage wieder nichts, dann hatte ich wieder Fressanfälle mit Erbrechen und BZ-Werte von HI. In den Pausen im Kindergarten, ging ich immer Essen einkaufen, setzte mich in einer Stillen Ecke, wo ich alleine war, stopfte alles in mich rein, oder einen Gedanken zu verschwenden, trank anschließend viel und ging dann kotzen. Hatte 45Min. Pause und in die-ser Zeit war es leicht den ganzen Ablauf zu schaffen.

Einen Monat später war ich wieder im Krankenhaus wegen erneuter Bauchspeicheldrüsenentzündung, die Folge des schlecht eingestellten Blutzuckers. Mein Vater war auch wieder zurück und rastete nach einigen Dosen Bier aus. Schlug meinen Fernseher kaputt, warf meinen Fernsehtisch aus dem Balkon. Die Polizei war dann bei uns und wollte ihn in die Nervenklinik ein-weisen, aber meine Mutter war dagegen. Sie streiten fast jede Woche, ich halte das nicht mehr aus. Bin dann immer froh wenn ich im Krankenhaus liege, so blöd es auch klingt, aber lieber die Schmerzen als ständig den Streit von meinen Eltern. Im Krankenhaus beachtete mich wenigstens jemand, kümmerten sich um mich, hörten mir zu.
Die erste Zeit im Krankenhaus gab es natürlich nur Tee und Zwieback, wie immer, aber ich hielt es abends nicht aus. Lief ab und zu aus der Klinik und holte mir noch was vom Metzger, oder holte mir nach der Endoskopie, wo ich eigentlich nichts essen sollte, schon mal einen Döner und aß ihn draußen im Gelände, wo keiner mich sah. Manchmal holte ich sogar aus der Küche eine Riesen Tüte Zwieback und verputzte die auf einmal. War schon immer froh wenn ich alte Patienten im Zimmer hatte die nichts hörten, denn oft hatte ich auch nachts meine Fressanfälle. Als ich wieder draußen war erfuhr ich kurze Zeit später von den Lehrern aus der Schule, das ich zu oft gefehlt habe und ich das Jahr noch mal wiederholen müsste, und nicht zur Prüfung zugelassen werde. Ich war so fertig mit der Welt, dass ich in der Schule am Treppengeländer zusammen fiel, die mich ins Sekretariat brachten und mich auf die Liege legten. Ich hätte das letzte Ausbildungsjahr wiederholen können, hatte aber keine Lust dazu. Diese Sache war einen Grund noch mehr mich wieder in Fressanfälle zu stürzen, meinen Blutzucker noch höher als sonst ansteigen zu lassen und auch längere zeit damit so durch zu halten.
Nach der Schule ging ich zum Wochenende zu meiner Oma, aber es wurde alles nicht besser. Ich hatte hohen Blutzucker, Atemnot, sie schrie mich auch noch an und gab mir Schlaftabletten, oder Beruhigungstabletten keine Ahnung. Die folgenden zwei Tage waren schrecklich, ich war immer

wie besoffen, bekam kaum Luft, und konnte nichts essen. Hatte dann innerhalb von einer Woche sieben kg abgenommen, natürlich auch mit Hilfe hoher BZ-Werten, konnte mich kaum auf den Beinen halten und man brachte mich nachts mal wieder ins Krankenhaus. Ich Hyperventilierte aber die anderen Werte waren soweit OK. Die Ärztin meinte nur, ich sei sehr sensibel und depressiv und dass es besser sei in eine Psychosomatischen Klinik zu gehen. Ich wusste nicht so genau wie ich es sehen sollte, ich dachte mir nur, ich bin doch nicht verrückt um in die Psychiatrie zu müssen. Ich konnte nach den Untersuchungen wieder mit meiner Mutter nach Hause aber kurz vor dem Ausgang wurde es mir wieder schwarz vor den Augen. Sie gaben mir eine Beruhigungstablette.

Meine deprie Phase ging aber weiter. Ich fühlte mich so alleine, wollte nichts mehr essen, hatte Heulkrämpfe, alle nervten mich. Ständig diese Fragen, wann ich doch endlich wieder zur Schule gehen will, wahrscheinlich dachten alle mal wieder, ich sei zu faul. Versuchte mich öfter bei und mit Anja abzu-lenken, indem wir weg gingen, was auch seltener wurde, weil ich mich kaum auf den Beinen halten konnten, aber es kam auch mal vor dass wir zu zweit bei ihr eine Party für uns machten. Die Musik ganz laut aufdrehten und vier Stunden durch die Gegend hupften. Über Jungs sprachen und Unfug trieben. Ich weiß noch dass sie mal ihren Freund eifersüchtig machen wollte (für mich waren die zwei damals gar nicht zusammen) den Staubsauger nahm um sich einen Knutschfleck am Hals zu machen, damit Ihr Freund eifersüchtig wird. Meine Befürchtung war es eher das er Schluss machen wird. Wenn ich bei Anja übernachtete, oder bei sonst jemand, konnte ich in dessen Anwesenheit nichts essen. Das hieß, dass ich dann den ganzen Tag nichts bei Anja aß. Wenn überhaupt, dann eine Kleinigkeit Süßes. Anja war mal in der Früh gera-de unter ihrer Dusche und ich machte mich in der Zeit auf den Weg, Nutella holen. War schnell wieder zurück da der Laden unten im Haus war. Bis Anja fertig mit dem Duschen war, hatte ich fast das ganze Glas Nutella, ausgelöffelt. Danach ging ich Anjas Toilette einweihen, also richtig gesagt, ich ging kotzen.

Meine Fressanfälle wurden immer schlimmer und ich fühlte mich immer schwächer und total kraftlos. Ich hatte solche Angst vor dem Essen, als ob es mich umbringen könnte. Ich zählte kcal. Wusste ganz genau, was wie viel kcal. Hatte. Hasste die Leute, die essen konnten, oder grad am Essen war und ich dabei zuschauen musste, fragte mich immer wieder, wie diese Leute nur so essen können. Ich empfand es immer so als eklig. Bei meinen Eltern musste ich so oft weinen, denn wenn sie aßen, hätte ich schon gerne mitgegessen, konnte es aber nicht. Konnte den Anblick nicht ertragen, fragte mich, wieso sie mir das antun. Wenn ich wieder einige Tage kaum was zu mir nahm, kam wieder dieser Heißhunger.

Eines Tages war ich auch draußen und bekam einen Heißhunger. Ich lief zum Metzger ließ mir drei belegte Brötchen geben, kaufte dann zehn gekochte Eier, Waffeln, ein Glas Nutella, und ein Eis, nahm mir noch so einen Plastikeislöffel mit, für das Nutella. Dann setzte ich mich gemutlich auf eine Bank und fing das Reinschlingen an. Zu erst die gekochten Eier, dann die Brote, das Nutella und anschließend das Eis. Ich hätte wahrscheinlich noch mehr rein gebracht aber ich hatte kaum noch Geld und musste mir abschließend noch was zum Trinken kaufen damit ich alles wieder erbrechen konnte. Mein Bauch wurde immer dicker und ich war so voll, und dann sollte bzw. musste ich auch noch eineinhalb Liter Wasser trinken um es zu erbrechen. Hatte Angst dass ich nicht alles raus bekommen würde und dann zunehme. Konnte mich kaum noch bewegen, und jetzt eine Toilette auch noch aufsuchen. Da ich mich in einem Kaff befand wo es fast nichts gab, außer ein paar Tante Emma Läden, wartete ich auf den Bus und fuhr in die Stadt zu MC Donald. Ich durfte mich nicht so viel bewegen, denn es hätte ja sein können dass, bis ich ein Klo finde, das Essen verdaut wird und ich es nicht mehr rausspucken kann. Ich bereute es mal wieder dass ich es nicht geschafft hatte stark zu bleiben und gegen diese Fress-Attacke anzukämpfen. Hinterher als ich alles draußen hatte war ich zwar erleichtert, fühlte mich denn noch nicht viel besser. Schamgefühl, Ekel, Selbsthass, körperliches und seelisches Unwohlsein, überfiel mich. Abscheu über das eigene Tun. Ärgernis das ich es wieder nicht geschafft hatte die Kontrolle zu bewahren. Hatte wieder dieses schlechte Gewissen, meistens dachte ich dabei auch an die armen Kinder. die woanders nichts zum Essen hatten, fühlte mich schmutzig und kraftlos. So ging es wieder einige Monate und noch immer bekam niemand was von meinen Essstörungen mit. Ich versuchte aber wirklich meinen BZ wenigstens in einem gewissen Bereich zu halten, stellte mich aber x-mal am Tag auf die Waage. In der Früh, vor dem Pinkeln, nach dem Pinkeln, vor dem Kotzen und nach dem Kotzen, doch solange mein BZ einiger maßen passte, nahm ich einfach nichts mehr ab. Konnte kotzen was ich wolle, es ging kein Gramm mehr runter, hatte eher das Gefühl zuzunehmen, denn mein Bauch war ständig gebläht. Kurze Zeit drauf landete mal wieder im Krankenhaus wo ich mittlerweile schon bekannt war. Die Ärzte konnten mich schon gar nicht mehr sehen, waren sogar wütend. Das nächste Mal wusste ich, ich würde das Krankenhaus wechseln. Ich war mit zwei Frauen im Zimmer, die eine war aus der Türkei und hatte jeden Tag Besuch von vierzehn Leuten.
Die andere hieß Marion und war in meinem Alter, hatte aber auf der Station einen kennen gelernt, der 43Jahre alt war und auch wegen einer Bauchspeicheldrüsenentzündung da war, nur dass es bei ihm vom Alkohol kam. Dann

war noch eine, die ziemlich klein und fett war. Diese Marion, war groß und schlank, sie hatte das gleiche Problem wie ich, zwar keine Essstörungen, aber ständig hohe BZ-Werte und da war es klar, warum sie so schlank war. Die Fette hatte zwar wenig BEs auf ihren Speiseplan, ging aber immer heimlich aufs Klo zusätzlich spritzen, damit sie in Unterzucker kam und so mehr essen konnte. Man konnte sich mit den Beiden nicht normal unterhalten, man könn-te sagen Dick und Doof. Ich lernte dann auf der Station Herbert kennen, der sechzehn Jahre älter war als ich. Wir verstanden uns von Anfang an gut und er erinnerte mich an Martin aus der Kur, von seiner Art, seinem Verhalten. Die anderen beiden merkten dass ich ihn ziemlich süß fand und wollten mich mit ihm verkuppeln, aber es brauchte dazu keine Hilfe. Wir saßen bis spät in die Nacht im Aufenthaltsraum, und kamen uns näher. Natürlich erwiderte ich diese Zuneigung, hatte manchmal aber ein sehr schlechtes Gewissen, denn ich wusste dass er eine Frau hatte, in Scheidung lebte und zwei Kinder hatte. Er wirkte in der ganze Zeit ziemlich nachdenklich. Heute denke ich dass er sich genau so wie ich nach Liebe und Geborgenheit sehnte. Mir war klar dass da nicht mehr entstehen wird, schon wegen dem Altersunterschied aber irgendwann bildete ich mir wieder ein verliebt zu sein, wie jedes mal, sobald mir einer schöne Augen machte. Ich fühlte mich oft von denjenigen verstanden, und so hatte ich niemand der mir zuhörte. Es ging ihm die meiste Zeit ziemlich schlecht und ich hatte Mitleid, weil er so weit war, dass er zum Therapeut musste, aber für mich kam auch die Zeit, wo sie mich eines Tages zu einer Therapeutin schickten. Als ich mir ziemlich sicher war dass ich doch eine Beziehung zu ihm will und davon ausging dass er es auch möchte, traf es mich um so sehr, als er sagte dass er seine Frau und die Kinder nicht verlassen kann und um sie kämpfen wird. Seine Frau hatte einen anderen, ist weg von ihm, als sie erfuhr dass er Hepatitis hat. Einer Seits konnte ich es verstehen, anderer Seits kam ich mir ausgenutzt vor, wie damals mit Martin, dass man einfach mit meinen Gefühlen spielt und dann einfach geht. Ich war enttäuscht, ließ es mir aber nicht anmerken. Ich ging auf mein Zimmer und heulte da. Die nächste Zeit versuchte ich so gut es ging ihm aus dem Weg zu gehen. Es lie0 mich alles plötzlich so kalt. Am nächsten Tag musste ich zur Therapeutin, eineinhalb Stunden und musste ihr meinen ganzen Lebenslauf erzählen. Es ging mir echt dreckig und ich wollte nur weg, denn sie stellte dann noch die Diagnose Bulimie, also (Fress-Brech-Sucht), Essstörungen, was ich nicht so sah. Bekam anschließend ein Infoblatt über eine Zehnwöchige stationäre Therapie in der Psychosomatik. Sollte mir bis zum nächsten Tag überlegen ob ich zu einer Therapie bereit wäre. Heulend saß ich wieder auf meinem Zimmer und da ich auch starke Bauchschmerzen hatte, nahm ich fünfzig Tropfen Novalgin (Schmerzmittel). Ich hatte so einen tiefen Schlaf, dass ich den Aufstand zwischen der Schwester und Mutti gar nicht mitbekam. Nach vier Stunden wachte ich dann auf und war immer noch ganz zitterig. Die

Schwester hatte mir das Novalgin vom Tisch genommen und es folgte noch eine Standpauke von der Ärztin, die keiner leiden konnte und vor der alle Angst hatten auch ich. Am folgendem Tag war ich wieder bei der Therapeutin diesmal quetschte sie alles aus mir raus, sogar über die Vergewaltigung musste ich erzählen. Ich war fertig mit der Welt und als Herbert mich fragte was los sei, erzählte ich es ihm. Da gestand er mir weshalb er vor einer Spiegelung so Angst hatte, weil er das Gleiche erlebt hatte wie ich nur dass es in einer Kirche gewesen war, und deshalb sei er auch aus der Kirche ausgetreten. Jeder denkt immer, solche Dinge, wie Vergewaltigung, also Missbrauch, Misshandlungen, Essstörungen, findet man nur bei Frauen, aber es gibt viele Männer die genau die gleichen Probleme haben, nur ist es noch nicht so verbreitet und mehr ein Tabuthema. Herbert wurde vor mir entlassen und ich glaubte nicht wie versprochen, dass er mich besuchen wird. Manchmal frage ich mich schon warum ich mit Männer so Pech habe. Ich möchte ja nicht mit denen ins Bett, nur jemanden der mich lieb hat, der mich mal in den Arm nimmt, mir zuhört ect. Entweder sind die meisten zu jung, zu alt, verheiratet oder schwul.

Es war so langweilig im Krankenhaus aber mich grauste es auch vor zu Hause, wenn da das Chaos wieder losgeht. Noch war ich ja im Krankenhaus und es wurde im Krankenhaus schlimmer seit Herbert weg war. Heißhungerattacken, ständig essen und spritzen, essen und spritzen. Oft kam es ja zu dem Fressanfällen auch durch diese Langeweile im Krankenhaus. Dann bekam ich eine alte Frau ins Zimmer, süß, aber sie mischte sich immer in meine Sachen ein und quasselte mich voll, so dass ich mir immer den Kopfhörer aufsetzte und Musik hörte. Das Gebäude in dem ich war hatte vierzehn Stockwerke, also fuhr ich da mal rauf in den 14.Stock. Tolle Aussicht, die Möglichkeit da runter zu springen und nicht zu überleben bestand eindeutig. Ich fragte mich schon die ganze Zeit was für einen Sinn mein Leben noch hat wenn ich die ganze Zeit nur im Krankenhaus war. Welchen Beruf ich mal machen werde und weshalb alles schief läuft. Lange hielt ich es auf der Station nicht mehr aus. Da hatte ich mal ein Oberteil aus Spitzen an und ein älterer Herr meinte so dürfte man nicht rumlaufen, da brauchen wir junge Frauen uns nicht wundern, wenn wir vergewaltigt werden. Heulend bin ich davon gerannt. Er schrie mir noch hinterher dass er mich am liebsten in eine Ecke packen würde, mich schütteln und sein Ding reinstecken würde. (Manchmal dachte ich, geht es nur mir so, diese doofen Anmache, oder geht es anderen auch so? Sind es Zufälle, liegt es an mir, an meinem Verhalten?) Als ich im Tagesraum war kam dieser von hinten auf mich zu, begann mein Rücken zu streicheln, mich zu kitzeln und faste meinen Po an. Er machte noch ein paar blöde Bemerkungen und mir reichte es, ich ging. Herbert kam mich doch besuchen und ich war sehr erfreut und überrascht aber er kam mehr um sich wegen seiner Frau auszuweinen. Meine

Fressattacken habe ich noch immer, und weil ich dass letzte Mal nicht die BEs einschätzen konnte gab ich mir eine Überdosis an Insulin und viel in Unterzucker mit Krampfanfall. Ich wachte im Untersuchungszimmer auf, in einem frisch bezogenem Bett und hatte so ein Flügelhemdchen an und natürlich GlucoseTropfer. War total verwirrt, wusste nicht mehr wann ich ins Krankenhaus gekommen war, wie ich hieß usw. Sie schickten mir einen Psychologen aus der Psychiatrie, denn angeblich hätte ich zu-gegeben, dass ich mich mit Insulin umbringen wollte. Ich konnte den Arzt dann doch noch davon überzeugen dass ich mich nicht umbringen wollte. Ich war ca. 3 Wochen im Krankenhaus, und wie schon erwähnt, es war ehrlich immer der gleiche Ablauf, die gleichen Untersuchungen zu x-ten mal, die gleiche Leier......

Nachdem ich entlassen wurde musste ich jeden Früh, eine Woche lang zur Diabetesschulung, natürlich war die Dicke und Marion auch dabei. Die Dicke war die meiste Zeit im Unterzucker. Mittagessen bekamen wir dort und sie durfte nichts spritzen da sie im Hypo war, also im Unterzucker aber sie ging aufs Klo und haute sich noch ein paar Einheiten an Insulin rein, damit sie später noch was essen konnte. Ich konnte nichts essen und schon gar nicht vor den anderen. Was würden die von mir denken, vielleicht das ich verfres-sen bin, oder fett... Manchmal wurde es mir schlecht wenn ich die anderen essen sah, oder nur den Geruch vom Essen in der Nase hatte. Ich fragte mich immer, wenn ich die anderen beim Essen beobachtete, wie man so essen kann, es sah so ekelig aus, es schüttelte mich richtig, ich wollte am liebsten flüchten. Die eine fand sich nicht mal fett, sie meinte das wären alles Muskeln. Diese Einstellung und das Selbstbewusstsein hätte ich auch gerne gehabt. Mich regte die Schulung auf. Ich wusste wahrscheinlich mehr über den Diabetes, als was die uns da Tag für Tag predigten und somit beschloss ich nicht mehr hin zu gehen. Hatte die letzten Tage viel mit Herbert unternommen und seinen Kinder, klar passte es meinen Eltern nicht, bekam aber dann das Gefühl, dass er nur dann kommt oder anruft, wenn er mich brauchte, wenn seine Frau mal wieder bei ihrem Liebhaber war oder wenn es ihm schlecht ging. Wenn Herbert kam, machte ich ihm gar nicht mehr die Tür auf.
Ich versuchte mich etwas von ihm zu distanzieren, und mehr Zeit mit Anja zu verbringen, die noch immer ihrem Ex nachtrauerte. Da wir wussten wo er arbeitet, fuhren wir eines Tages zu seiner Arbeitsstelle ins Altersheim. Anja hatte etwas Angst davor, ihn zu sehen und vor allem seine Neue, denn das war die Chefin im Altersheim. Anja wartete vor dem Altersheim, während ich ihren Ex suchte, der angeblich im zweiten Stock arbeitete. Eine Ordens-schwester kam auf mich zu und fragte ob sie mir helfen kann. Vor lauter Panik meinte ich dass ich vor habe da zu arbeiten. Sie zeigte mir dann, während ich noch immer nach dem Typ Ausschau hielt, die gesamte

Station und schickte mich anschließend runter zur Chefin. So, nun kannte ich auch seine Neue. Anja war a bisschen enttäuscht, die Nonne dachte ich würde wirklich ein Praktikum da machen wollen. Wir ließen ihrem Ex einen Brief in der Verwaltung, aber es brachte ihr nicht viel, sie kamen bis heute nicht mehr zusammen.

- Oft Streit mit Mutti wegen meinen ganzen Männern, die dauernd bei mir anriefen, da ich immer gleich jeden meine Telefonnummer gab und schon ging es mir wieder Scheiße, war wieder nur am Kotzen. Manchmal wieder bis zu acht mal am Tag. In solchen Augenblicken wünschte ich mir ich hätte schon meine eigene Wohnung oder wäre schon in Bad Mergentheim auf Kur um die Insulinpumpe zu bekommen, aber ich war schon mal stolz auf mich, es drei Tage durchgehalten zu haben und ganz normal gespritzt zu haben. Wenn ich bei Anja war, war unser Thema oft Jungs und so kamen wir auf die verrückte Idee bei einem Radiosender anzurufen, unsere Telefonnummer durchsagen zu lassen, damit wir ein paar nette Jungs zum weg gehen fanden. Kaum war die Durchsage vorbei, klingelte schon das Telefon. Es waren nette Jungs genau so wie nur sexbesessene dran. Wir verabredeten uns mit zwei Typen die in Ordnung zu sein schienen, im „Fun" einer Disco. Bis die kamen tanzten Anja und ich auf den Boxen, und ich dazu noch mit einem BZ von HI (HI = BZ über 600mg%) bei so einem Wert zeigt dass Messgerät gar keine Zahlen mehr an, da das Messergebnis nur bis 600mg% geht. Ich konnte nicht sagen wie hoch mein BZ war. Es hätte sein können dass er etwas über 600mg% war, dass der Wert bei über 700mg% lag…keine Ahnung. Mir war total schwindelig und ständig hatte ich das Gefühl, dass ich jeden Augenblick nach vorne umkippe. Ganz zu schweigen vom ständigen Austrocknen. Ich rannte ständig auf die Toilette und Leitungswasser zu trinken und zu pinkeln. Ich war so ausgetrocknet, dass ich gleichzeitig das Gefühl hatte, mir druckt es meine Augen aus. Ich sagte dann immer, ich hätte Froschaugen. Man kann dieses Gefühl schwer beschreiben. Ich glaube ich roch auch wieder stark nach Aceton und obwohl ich mittlerweile weit unten mit meinem Gewicht war, hat-te ich immer Angst, dicker als Anja zu sein. Wir hatten zwar die gleiche Kleidergröße, tauschten auch oft beim Ausgehen die Klamotten, doch ich verglich mich trotzdem immer mit ihr.

Wollte schlanker als sie sein (evtl. war ich es damals auch) aber sah mich immer extrem fett, gegenüber Anja. Als die Jungs kamen, stellte sich heraus das diese Jungs auch nur auf das eine aus waren. Als wir dann Heim fuhren, hatte ich schon Bauchschmerzen, also Anzeichen für eine erneute Bauchspeicheldrüsenentzündung und einen ge-blähten Bauch, wie bei den Kindern aus der 3.Welt, die nichts zum Essen hatten. Die Schmerzen hielten die ganze Nacht an und am liebsten hätte ich mir selbst eine Infusion mit NACL angelegt. Gekrümmt lag ich im Bett und betete dass es aufhören würde, bereute es wieder, verbunden mit Freude, es geschafft zu haben, so viel an Gewicht zu verlieren und immer aus solch einer Verzweiflung, spritzte ich dann doch immer zwanzig Einheiten nach, immer und im-mer wieder bis der Wert unten war. Es gelang mir zum Glück, ihn von alleine in den Griff zu bekommen. Die andere Sache war, jedes mal wenn ich viel an Insulin spritze, wurde ich total müde und schlief dann ganz tief und fest. Ich glaube es hätte dann, bei uns zu Hause, eine Bombe einschlagen können, ich hätte davon gar nichts mitbekommen. Ein weiteres Problem war, dass wenn beim Blutzucker über eine gewisse Zeit immer über 600mg% lag, ich einen Unterzucker verspürte, schon bei einem Wert von fast 200. (Normaler Unter-zucker = unter 30mg%).

Eine Woche drauf fuhren meine Mutti, mein Vati und mein Bruder nach Rumänien. Ich wäre auch gerne mit, um auch mal wieder die anderen zu seh-en, meine Freundin, mein Cousin, meine Tante....und ich glaube das Erste was ich dort gemacht hätte wäre, ich wäre erst mal in die Konditorei, Kuchen essen, der ist da so gut, aber ich konnte nicht mit weil ich am 4.08. nach Bad Mergentheim musste wegen der Insulinpumpe. Ich hatte ja gesagt dass ich um die Pumpe kämpfen würde um sie zu bekommen, dies hatte ich auch getan.

Drei Tage habe ich bereits die Insulinpumpe und mir geht es gut damit. Es nannte sich Diabetesdorf, und war am Arsch der Welt. Drei Häuser stan-den für die Patienten zur Verfügung bzw. zur Unterbringung. Zwei Pum-penhäuser für Pumpenpatienten und ein Fußhaus, in dem ältere Leute waren die Fußprobleme hatten. Die Häuser waren bunt, hatten Küche, Doppel-zimmer mit Dusche und Klo, Fernseher und zwei Telefone. Daneben das Haus vom
Dr. Teupe der alles praktizierte und die Schulungen alleine führte, die drei-mal täglich stattfand, jeweils zwei bis drei Stunden und sogar am Wochen-ende. Er war sehr nett und wir waren alle per DU. Dann waren da noch vier Betreuerinnen, die in den Häusern verteilt waren und den Einkauf für uns machten. Wir müssten immer selbst kochen und für Ordnung und Sauber-keit sorgen. Zum Mittagessen kam er immer abwechselnd in eines der Häu-ser. Ich ging nicht oft zum Mittagessen, erbrach natürlich auch dort. Einmal war mal wie-der Blut mit dabei, und hatte weiterhin meine Heißhungerattac-ken. Eines Nachmittags wurde ich in die Praxis vom Dr. Teupe gerufen. Er sprach mich auf meine Bulimie an, drohte mich aus der Gruppe raus zu schmeißen und mir die Pumpe wegzunehmen. Irgendjemand hatte es mitbe-kommen dass ich mich oft übergab, meistens am Abend und hatte mich ver-raten. Heulend ging ich zurück traute mich nicht zur Schulung. Er rief mich aus der Schulung an und meinte ich soll jetzt kommen und nicht feige sein.

Als ich in den Raum eintrat sahen mich alle entsetzt an, ich war noch immer am Heulen. Dr. Teupe sprach die Bulimie in der Gruppe an und klärte die anderen über Bulimie auf. Einige bemitleideten mich, das konnte ich gar nicht haben und schon gar nicht in dem Augenblick. Da ich in den folgenden Tagen Angst hatte, dass er mir die Pumpe doch wegnehmen wird, hörte ich während des gesamten Aufenthaltes mit dem Kotzen ganz auf. Er war schließlich der einzige Arzt, der bereit war mir die Insulinpumpe zu geben, trotz Essprobleme. Na gut ab und zu kotzte ich, heimlich, aber meine Fressattacken blieben fast ganz weg und ich benötigte auch ganz schön viel Insulin für die ganze Fresserei.

Da, Dr. Teupe jederzeit unsere Pumpen kontrollieren konnte (Die Anzahl des benötigten Insulins war in der Pumpe abgespeichert) spritze ich bei einem Fressanfall zusätzlich mit einem Pen, damit er nichts davon merkte.

Wir waren hauptsächlich Jugendliche in dem Haus und wir kamen auch auf die Idee uns nachts noch was zu kochen, wenn wir nich schlafen konnten .
Natürlich aß ich auch mit und übergab mich anschließend auf meinem Zimmer.
Die ganzen zweieinhalb Wochen durften wir das Diabetesdorf nicht verlassen, nur wenn an einem besonderen Tag unser Insulinbedarf auf „Sport" eingestellt wurde. Ich fraß in den Pausen wie eine Gestörte und nahm immer mehr zu. Es war dazu auch noch Sommer und ich merke langsam wie eng mir meine Röcke wurden, und wie die Beine sich aneinander rieben und sich die Haut an den Oberschenkel einriss. Mir war aber auf einmal alles egal, die anderen kümmerte es auch nicht und keiner gab einen blöden Kommentar von sich. Mir war jetzt nur noch die Pumpe wichtig alles andere würde ich regeln wenn ich wieder zu Hause bin. Wir hatten alle viel Spaß und trieben auch so manchen Schabernack. Abends hatte ich immer meine Fressanfälle und mein BZ stieg immer wieder an. Manchmal bis 400mg% und da ich befürchtete das Herr Dr. Teupe an meiner Pumpe nachsehen würde, meinen letzten Bolus fürs Essen kontrollieren könnte, spritzte ich wieder mit dem Pen. Konnte es aber nie richtig errechnen und kam eines Nachts in den Unterzucker. Also wieder aufstehen, in die Küche was zum Essen holen, wieder heimlich rauskotzen, anschließend wieder im Unterzucker usw. ein wahrer Kreislauf. Ich lief dann wieder runter in die Küche, machte mir eine Scheibe Brot und nahm mir Gummibärchen, machte die Pumpe ab, somit fehlte mir wieder an Insulin. In der Früh war dann der Blutzucker bei 400mg. Ich erzählte es dem Arzt, wie bescheuert und er unterstellte mir, ich wäre die ganze Nacht über am Kühl-schrank gewesen und hätte nur gefressen. Habe dann den ganzen Tag im Zimmer geheult, wollte schon meine Sachen packen und Heim fahren, obwohl ich wusste dass der Dr. Teupe mich mochte und mir bestimmt nicht wehtun wollte.

In der Schulung am Abend sprach Dr. Teupe mein Missgeschick an. Die Anderen reagierten mit Schweigen, oder sie bemitleideten mich, wollten mir etwas über Essen erzählen, gaben mir Ratschläge oder reagierten entsetzt. Hatte glaube eine andere Reaktion erwartet, wollte auch nicht dass es nun gleich jeder weiß. Nun war meine Angst vor den andern was zu essen, noch größer. Die würden jetzt bestimmt denken, ich kotze jedes mal. Ich hätte, glaube ich ständig das Gefühl, dass sie nur darauf warten, bis ich kotzen gehe. Aber meine Befürchtung bestätigte sich nicht. Es war so, als interressierte es auch keinen wirklich, bis auf meinen Arzt.

An meinen letzten Tag konnte ich mich nicht von allen verabschieden blieb aber mit einer Person weiter in Kontakt. Mein HBA1c sank auf 10,1% in der Zeit. Ich glaube davor war er bei 14,7%. Irgendwie war ich aber auch wieder froh zu Hause zu sein, das Einzige was mich störte war natürlich, dass ich von jedem wieder die alte Leiher zu hören bekam, wie sehr ich doch zugenommen hätte. Ich wusste es und wollte es nicht auch noch von den anderen hören. Ich hatte über siebzig kg jetzt gewogen. Feierte trotzdem mit Anja meine Rückkehr. Wir tranken bei ihr eine Flasche Sekt, spielten ihrem Cousin, besoffen vor und tranken bei ihm auch noch Alkohol. Uns war es dann ziemlich schwindelig. Als wir wieder von ihm gehen wollten, kletterten wir über den Zaun am Haus und brauchtes für die Strecke von fünf Minuten eine halbe Stunde. In der Früh war mein Blutzucker ziemlich hoch und ich hatte fürchterliche Kopfschmerzen, trotzdem hielt es mich nicht davon ab ein ganzes Glas Nutella zu essen und zu erbrechen. War wieder in einer deprie Phase, hätte nur noch heulen können und wusste nicht wieso, vielleicht weil ich mich so sehr nach einem Partner sehnte und einer Arbeitsstelle, vielleicht weil ich in Wirklichkeit die ganze Scheiß Kotzerei usw. satt hatte. Ich hatte mittlerweile, von über siebzig kg, die ich mir in Bad Mergentheim angefuttert hatte, auf sechsundsechzig abgenommen, natürlich auch durch Insulinmangel und Erbrechen, und da ich mit der Schilddrüse auch Probleme hatte und Hormontabletten nehmen musste,(eine am Tag) nahm ich um abzunehmen, an die sechzehn Stück am Tag. Diese hohe Zahl an Gewicht verlor ich innerhalb sehr kurzer Zeit. Es gab inzwischen wieder keinen einzigen Tag an dem ich mich nicht übergeben hatte. Alles aber wirklich, mein ganzer Tagesablauf drehte sich nur um das Essen und dem nichts Essen….ich musste mich mehr ablenken, manchmal funktioniert es, manchmal müssen die anderen mich aus dem Sumpf ziehen. Die Anderen, sind diejenigen die von den Vielen noch übrig geblieben sind. Das heißt es gibt nicht mehr viele Freunde da ich nie meinen Tagesablauf wirklich planen konnte. Hatte ich mal mit jemand was ausgemacht, kostete es mich sehr viel Überwindung da hin zu gehen, mich an den Termin zu halten. Viele waren verärgert, verstanden es nicht wieso, weshalb ich nicht kommen kann.

Ich fuhr nach Ansbach zu meiner Freundin Katja, die ich lange nicht gesehen hatte, seit es zwischen mir und ihrem Cousin Christian Schluss war. Wir aßen am Abend Nutella mit den Fingern, als sie plötzlich meine Hand nahm und die Schokolade von meinen Fingern abschleckte. Damit nicht genug. Als wir ins Bett gingen, kuschelte sie sich an mich und streichelte mich. Ich sagte ihr dass sie es lassen soll und ich nicht lesbisch sei. Sie wandte sich von mir ab und weinte. Ich schaffte es sie zu beruhigen. Wir haben dann darüber gespro-chen und bis zum nächsten Tag war alles geklärt. Hatte als ich wieder in Nürnberg zu Hause war Stress mit Mutti. Mir ging es echt scheiße, da kam sie zu mir ins Zimmer und schrie mich an, dass keiner ihr im Haushalt helfen würde. Ich half ihr immer wann ich nur konnte, doch mein Problem war, dass wenn mein BZ so hoch war, ich keine Kraft hatte, mir ging nach kurzer Zeit die Puste aus, ich bekam Muskelschmerzen, trocknete wieder aus, wurde müde….

Ich lag auf meinem Bett hatte Kopfschmerzen einen hohen Blutzucker wie immer, roch nach Aceton, der auch hoch war und mir war es kotz übel. Gab mir dann dreißig Einheiten Insulin aus der Pumpe, stand auf, staubsaugte und half meiner Mutter. Ich fragte sie wo mein Bruder sei und als sie sagte, in Ansbach war ich echt sauer, traute mich aber nicht mein Mund auf zu machen und ihr die Meinung zu sagen. Ihm geht's besser als mir und er darf wann im-mer er will einfach so weg gehen. Er war ja schon immer der Liebling in der Familie. Meine Mutter tat alles für ihn, und wenn nicht, dann war ich ja noch da. z.B. wenn ihm die Wurst beim Abendessen nicht passte und er dazu noch heulte, musste ich extra zwanzig Minuten zum Laden laufen um ihm die Wurst zu holen, dabei spielte es keine Rolle wie es mir dabei ging, ob mein BZ hoch war oder nicht, ob ich müde war oder nicht, oder ob ich überhaupt dazu Lust hatte. Sie hat geheult, weil ich vor lauter Frust die ganze Pralinenschachtel lehr gegessen habe und 45 Tabletten L-Thyroxin (Schilddrüsenhormone) geschluckt habe. Wenn ich möchte esse ich auch fünf Gläser Nutella, kann doch ihr egal sein. Ich war so sauer, blieb aber cool. Die ist so was von neugierig, kann ihr doch egal sein was mit mir passiert, hat sich doch so auch nicht um mich gekümmert, nur wenn ich tot krank war. Hat sie sich vielleicht mal die Zeit genommen mit mir was zu unternehmen?

– Nein, die Arbeit, ect. war wichtiger. Mich mal gelobt? – Nein! Nahm sie mich mal in den Arm und hat mich getröstet? Nein NIE! Immer nur kritisiert, nie habe ich was richtig gemacht, nie werde ich gelobt, statt dessen, Prügel und bestraft. Sie denkt wohl ich kann all die Sachen vergessen. Egal was ich auch tat, nie war es gut genug. Ihrer Meinung, hätte es immer etwas besser sein können. Jedes mal fand sie was zum kritisieren. (Ich war mir in all mei-nen Handlungen, bis heute noch, unsicher. Selbst heute brauche ich, bevor ich was mache 1000....mal die Bestätigung, dass es OK ist.) Möchte ihr all meine Krankheiten schenken, sie soll an ihren blöden Zigaretten ersticken. Tut mir leid dass ich so denke, aber diese Wut.

Hatte seit kurzem eine Stelle als Praktikantin im Altersheim. Natürlich regte sich Mutti wieder auf, denn ich vollbrachte die gleiche Arbeit wie die Anderen, bekam aber nur 400DM. Sie meinte, ich hätte lieber irgendwo Schuhe einräumen sollen. Auch einen neuen Freund hatte ich den ich im Kaufcenter kenne gelernt. Mutti erzählte ich er wäre Zivi bei uns im Altersheim. Mit die-sem Typ lief aber auch alles schief. Immer hatte er kein Geld und ich gab ihm meine ganzen Ersparnisse. Sogar ein meinem Geburtstag traf ich mich kurz mit ihm, um ihm mein Geburtstagsgeld zu geben weil er angeblich seine Miete nicht mehr bezahlen konnte. Meine Eltern dachten ich wäre in Ansbach mit Freunden feiern. An dem Tag war es kalt draußen und da ich dem Typ nur das Geld überbrachte und er wieder verschwand, musste ich irgendwie die Zeit rum kriegen, damit es meinen Eltern nicht auffällt. Lief stundenlang in der Kälte durch die Stadt. Eine ganze Weile hörte ich dann gar nichts mehr von ihm. Ich traf seine Freunde, die mir sagten dass er seit Tagen wieder zu-rück nach Italien sei. Tja wieder Pech, Wahnsinn. Was kommt als nächstes? Immerhin die Arbeit bereitete mir sehr viel Spaß, obwohl es auch ganz stress-sig war aber ich machte sie gerne, weil ich mich sehr wohl fühlte, sehr viel Anerkennung, Lob und Liebe von den alten Leuten bekam und den letzten Typ auch vergessen konnte, bis zum nächsten. Trotzdem hatte ich weiterhin meine Essprobleme, mal besser mal schlimmer. Aß von morgens bis abends nichts und abends kamen dann wieder die Heißhungerattacken. Mein Blut-zucker schwankte von 30mg-600mg%. Wenn ich doch mal in der Pause was aß, dann ging ich eine viertel Stunde früher damit ich es noch aufs Klo schaff-te um zu erbrechen. Durch den Insulinmangel und der Bewegung stieg mein Zucker immer mehr. Ich war ständig am austrocknen. Mein Atem war so der-maßen schnell und ich war so müde, mir war schwindelig und hätte ständig heulen können. Ich ging schon immer zu den Bewohnern ins Zimmer, die nicht ansprechbar waren und nahm mir von denen immer heimlich was zu Trinken. Wenn ich Spätdienst hatte und den Kaffe und Kuchen austeilen sollte, aß ich zum Schluss den ganzen Kuchen heimlich auf, der übrig ge-blieben war. Genauso beim Abendessen .Da aß ich auch alles auf was die Be-wohner übrig ließen, natürlich nur dann wenn ich alleine auf der Station war. Anschließend ging ich erbrechen.
Ich lernte im Altersheim Peter kennen, der mir von Anfang an gefiel. Er war schon 34Jahre alt aber man sah es ihm nicht an. Außer dem wollte ich unbedingt jemanden damit ich nicht mehr alleine bin, und dabei war mir das Alter anscheinend auch egal. Denn er war 16 Jahre älter als ich. Ich rechnete

schon mal im Kopf aus, wie alt er sein würde, wenn ich mal in seinem Alter bin. Hmmm??!!!

Der war aber auch immer so komisch, und später fand ich sogar heraus dass er ständig kiffte und Drogen nahm. Ein paar Tage drauf war ich in der Früh bei einer Bewohnerin, die ich waschen und anziehen sollte. Die Bewoh-nerin hatte mit ihrer Verdauung Probleme und nahm Dulcolax. Ich staunte also nicht schlecht, als ich in einen Schuhkarton ganz viele Tabletten entdek-kte. Da war auch so ein kleines Döschen Dolcolax, Abführdrages. Ich wusste nichts von diesem Zeug und wie die Wirkung war, geschweige wie viel man davon nehmen darf. In einem unbeobachteten Moment nahm ich eine Hand-voll, ich glaube es waren an die 40 Stück, später merkte ich aber die Wirkung ziemlich heftig. Ich bekam einen Kreislaufzusammenbruch und kam auch nicht mehr vom Klo runter. Hatte das Gefühl als würde es mich jeden Augen-blick zerreißen. Erst nach einer Stunde war etwas Ruhe und ich konnte wieder von der Toilette runter. Meine Kolleginnen holten eine Ärztin und legten mich in ein Bett, brachten mir schwarzen Tee. Die Ärztin spritzte mir was. Keiner wusste was von den Abführdrages, aber ich kannte zumindest jetzt die Wir-kung von dem Zeug und es brachte mir doch was ich fühlte mich auf einmal viel leichter und auf der Waage zu Hause hatte ich auch weniger Gewicht.

Mir war klar dass ich mir das Zeug besorgen musste. Würde es halt nur dann benutzen wenn ich zu Hause bin oder Urlaub habe. Am nächsten Tag war mir noch immer schwindelig, hatte wieder Bauchschmerzen und beschloss zu Hause zu bleiben und nicht in die Arbeit zu gehen. Mutti flippte fast wieder aus, meinte ich sei selbst Schuld, und dass es bald so weit wäre und ich bald meine Arbeitsstelle verlieren werde, durch dieses ständige krank sein. Ich fing mal wieder das Heulen an (hatte ich mal in dieser ganzen Zeit auch mal was zu lachen? Nicht dass ich wüsste), fühlte mich so allein gelas-sen, und wünschte jemand wäre bei mir gewesen der mich in diesem Augen-blick in der Arm nimmt. Ich hatte die Schnauze voll, alles und jeder nervte mich. Habe die Pumpe bevor ich dann doch zur Arbeit ging ganz weg gelas-sen. Da ich im Spätdienst war, rief ich abends mal Mutti an, die mich gleich fragte wieso die Pumpe zu Hause sei und Alarm gibt. Ich hatte die Pumpe in meinem Zimmer versteckt, aber irgendwann gab sie A-larm, weil sie lange Zeit nicht bedient wurde. Mutti hatte auch mein Blutzuckermessgerät durch kontrolliert und die hohen Werte, die gespeichert waren entdeckt. Natürlich hatte ich keine Erklärung. Ich hatte solche Angst Heim zu gehen, dass ich freiwillig zwei Stunden länger geblieben bin. Am liebsten wäre ich noch die ganze Nacht geblieben. Als ich Heim fuhr, betete ich dass es nicht so schlimm wer- den würde. Mutti schlief zum Glück schon, und so blieb mir einiges erspart. Sie sprach mich auch nicht mehr darauf an.

Am nächsten Tag traf ich nach der Arbeit Peter. Ich weiß nicht was mich dazu getrieben hat zu ihm zu fahren und auch noch bei ihm zu schlafen. Es war scheiße! Seine Freunde waren da, die alle am Tisch saßen und ich war die einzige die auf den Beinen stand. Aber ich sagte nichts, stattdessen war ich mit Abspülen beschäftigt, ihnen beim kiffen zuzusehen und mir Peters Frauengeschichten an zu hören. Er zeigte mir seine gesamten Frauenfotos und war fürchterlich drauf. Er hatte dann auch noch einen größeren Fressanfall als ich ihn von mir kannte. Er meinte, dass er so viel essen kann, weil er gekifft hätte und dass er nicht zunehmen würde. Oh je, bring mich bloß nicht in Versuchung. Mir war schwindelig weil ich den ganzen Tag gar nichts gegessen hatte und von der Arbeit müde war. In der Nacht schlief ich nur drei Stunden, dann bin ich wieder zur Arbeit. Mir war klar dass ich ihn das letzte Mal gesehen hatte, außerdem ist er vom Altersheim weg, da er gewechselt hat. Wir bekamen an Peters stelle einen Praktikanten oder Azubi, er hieß Georg. Um ehrlich zu sagen, wenn er mir nicht seinen Namen gesagt hätte, wüsste ich nicht ob es eine Frau oder ein Mann gewesen wäre. Er war nicht gerade die Schönheit in Person. Immer hatte er die gleichen Klamotten an, die er seit Jahren, glaube ich trug. So sah es zumindest aus. Trotz allem tauschten wir mal Telefonnummer aus da wir oft zusammen arbeiteten und den gleichen Heimweg hatten.

Am 16.12. kam ich ins Krankenhaus, wegen Blutzuckerentgleisung. Der Notarzt holte mich von der Arbeitsstelle weil ich plötzlich Atemnot hatte. Natürlich kam ich die ersten zwei Wochen auf die Intensivstation. Etwa zwölf Liter Flüssigkeit wurden mir durch den Katheter zugefügt, zusätzlich sollte ich etwa fünf Liter trinken. Als ich auf die Diabetesstation kam wo ich ja schon bekannt war, hieß es die Pumpe dürfte ich nicht mehr anlegen, wegen den Essstörungen und den hohen BZ werten. Jetzt musste ich wieder 6-7-mal am Tag spritzen und mich an einen Diätplan halten. Dies hatte ich zu der Zeit auch bitter nötig, denn ich wog 68Kg. Sie wollten mich dazu überreden für zwölf Wochen in die psychosomatische Klinik zu gehen, weigerte mich aber. Ich musste jedoch einmal die Woche ambulant zur Therapeutin. Marion war auch mal wieder da, mit mir im Zimmer sogar. So trifft man sich wieder. Im KH erbrach ich dreimal täglich und nahm Dolcolax. Die Ärztin kam drauf und nahm sie mir weg. Sie meinte wenn ich welche brauche soll ich vor zur Schwester, die würde mir was geben. Alles klar, als ob die mir freiwillig Dulcolax geben würden, so ein Käse. In der Früh aß ich gar nichts mehr. Fuhr in die Stadt ohne Erlaubnis, um mir neue Abführmittel zu kaufen. Mir war klar dass ich von der Schwester keine bekommen werde. Als ich in der Stadt war, warf ich bei der Post noch einen Brief an Georg ein, lief an x Bäckereien vorbei und konnte natürlich nicht widerstehen. Am zweiten Weihnachtstag, durfte ich kurz nach Hause. Mein Bruder nervte mich, nannte mich ständig fette Sau und Schweinebacke.

Heulend fuhr ich wieder zurück ins Krankenhaus, wo ich meine Ruhe hatte. Ich bekam mit, wie Marion am Abend den gleichen Trick wie ich anwandte um gute BZ-Werte am Messgerät an zu zei-gen. Sie mischte ebenfalls ihr Blut mit Insulin. Am Abend (bekam auch seit neustem Schlaftabletten, Tra-xilium) hatte ich wieder einen Fressanfall, verdrückte eine ganze Tüte Zwieback und spritze zu viel, so das ich in Hypo kam und der Arzt mir Glucose spritzen musste. Georg besuchte mich im KH, womit ich nicht mehr gerechnet hatte, aber mir ging es nicht gut dabei. Hatte Angst vor ihm, vor seinen Berührungen, wenn er mich umarmte hielt ich wie-der die Luft an, mir war schlecht, fühlte mich so fett, und wenn ich ein Messer gehabt hätte, hätte ich am liebsten ein Stück von meinem Bauch abgeschnitten. Da ich nicht wusste wie ich es Georg sagen sollte, dass ich mich unwohl fühle und total verzweifelt war, schrieb ich Marion meine Situation kurz auf einen Zettel und dazu noch dass ich mich am liebsten vom achten Stock des Ge-bäudes stürzen will. Ich ging anschließend mit Georg spazieren, ließ ihn dann kurz auf der Station stehen und fuhr mit dem Aufzug hoch in den ach-ten Stock, auf den Balkon. Natürlich fragte Marion ihn wo ich sei. Auf ein-mal standen ein paar Schwestern vor mir und holten mich runter auf die Station. Sie holte einen Arzt aus der Psychiatrie und wollten mich nach Er-langen oder Ansbach in die Psychiatrie einweisen, weil ich angeblich selbstmordgefährdet wäre. So ein Blödsinn nur weil ich an jenem Abend etwas deprie gewesen bin. Es war halt nur ein lauter Gedanke. Dazu zwin-gen, konnte sie mich aber nicht, dass ich freiwillig in die Psychiatrie gehe. Nun sollte ich zu mindest ein paar mal die Woche zur Therapeutin. Silvester verbrachte ich im Krankenhaus. Die meisten Patienten gingen nach Hause. Ich feierte mit Georg und der Schwester auf dem Balkon. Die Schwester gab uns ein Glas Sekt. Ich war diesmal nicht mal traurig darüber, im Kran-kenhaus zu sein, freute mich. Kannte ja mittlerweile schon alle, hatte auch kurz vor Weihnachten ihren Baum auf der Station geschmückt. Manchmal war mir so langweilig das ich den Schwestern und der Putzfrau bei ihren Arbeiten mit half. Nur wenn ich zugenommen hatte, wollte ich Heim.
Kaum war ich zu Hause ging es schon wieder drunter und drüber mit mei-nem Blutzucker. Ich wollte so gerne die Pumpe. Eigentlich geht es schon am Tag der Entlassung aus dem Krankenhaus los, dass ich kurz danach das Spritzen weglasse. Zu Hause hatte ich wieder so starke Bauchschmerzen nahm ständig Novalgin und war müde. Mein Atem roch nach Aceton (Ver-faulte Äpfel) und ich kaute deshalb Kaugummi aber selbst das Kauen viel mir schwer. Mein Puls war im Ruhezustand bei 144. War froh das Georg so oft zu mir kam. Wir verstanden uns super, und waren dann auch ein Paar. Er sah zwar nicht gerade attraktiv aus aber wir verstanden uns, und ich war nicht mehr so alleine. Einen Monat später lag ich wieder im Krankenhaus auf der Intensiv, aber diesmal war es ein anderes Krankenhaus, da ich mich schon schämte, immer wieder ins Krankenhaus zu müssen. Als ich mich da

wog war ich so deprimiert da ich wieder zugenommen hatte, dass ich 4-5-mal am Tag erbrach. Da meine Bauchspeicheldrüse noch entzündet war, bekam ich nur Schonkost, und abends bekam ich diesen Heißhunger. Ich schlich mich von der Station auf den Gang wo sich ein „Fast Food" Automaten befand, gleich daneben eine Mikrowelle. Ich ließ mir einen Hamburger raus, doch zu meinem Pech, ging die Mikrowelle nicht. Ich war verzweifelt und hatte so einen Hunger. Als ich auf meinem Zimmer war, ging ich ins Bad, drehte den Heizkörper auf und legte den Hamburger drauf zum auftauen. Suchte inzwischen draußen auf den abgeräumten Essenstabletts nach Restessen. Der Hamburger wollte einfach nicht auftauen also aß ich ihn gefroren. Als ich entlassen wurde ging ich auch gleich wieder auf die Arbeit. Die Bewohner freuten sich jedes Mal wenn ich kam.

Mir ging es aber oft so schlecht weil ich bis abends nichts aß, und wenn, dann erbrach ich es anschließend gleich. Mit Georg hatte ich immer öfter Streit, manchmal hatte ich das Gefühl das er auch dringend einen Therapeut benötigt. Er Lügt mich an wenn er den Mund nur aufmachte, meine Therapeutin meinte dies wäre auch eine Krankheit. Die nervte mich auch und ich hatte gar keine Lust mehr da hin zu gehen. Immer musste ich weinen wenn ich die eineinhalb Stunden bei ihr war, sie bohrte nur in meiner Kindheit herum, über die Essstörung sprachen wir gar nicht so oft, dabei sollte ich sogar Esstagebuch führen, wo ich alles Reinschrieb z.B. wann ich was aß, wie viel, wie es mir dabei ging, wann ich erbrach usw. Meine Therapeutin meinte ich soll im März in die Psychosomatik, davor mir aber mal mit Mutti die Station anschauen, aber wie sollte ich es ihr sagen? Sie hatte doch von all dem keine Ahnung, wahrscheinlich wird sie es mit Psychiatrie verwechseln und wirklich denken ich sei verrückt. Meine Therapeutin versprach mir, Mutti einen Brief zu schreiben und uns gemeinsam bei ihr zu einem Gespräch einzuladen. Nachdem ich von der Praxis draußen war hatte ich anschließend einen Fressanfall. Zwei Brötchen, Äpfel, Schokozwieback, vier Tafeln Schokolade, drei Stück Torten, ein Pack Wiener und ganz viel trinken, danach erbrechen. Mein Blutzucker war 400mg. Zu Hause wollte ich nur noch meine Ruhe und nahm sieben Tranxilium (Schlaftabletten) und legte mich schlafen. Es war alles zu viel. Wenn ich wirklich auf stationären Therapie sollte, wie würde es ablaufen? Sperren die mich ein? Werde ich womöglich mit Tabletten ruhig gestellt? Mutti kam noch kurz rein ins Zimmer (sie merkte nichts) um mich zu fragen, was sie mir zum Essen kaufen soll, da hörte ich meinen Bru-der schreien, zwei Gläser Nutella.

Einen Eintrag aus meinem Tagebuch!

10.02.99 Bin total deprimiert obwohl es in der Beziehung und in der Arbeit gut läuft .In der Arbeit loben mich alle, freuen sich wenn ich da bin, verstehe mich mit allen super und wenn es mir mal schlecht geht ist Georg für mich da. Vati ist sauer auf mich weil ich seit zwei Tagen nichts mehr gegessen habe.- Habe 17 Stück Tranxilium genommen, bin total benommen. Schlug mit dem Kopf gegen den Heizkörper fiel beim aufstehen über das Kabel vom Telefon und über den Tisch. Mir ist alles so scheiß egal.

11.02.99 Hatte am Abend noch mal 22 Stück Tranxilium genommen. Mutti merkte dass mit mir was nicht in Ordnung war, hatte aber keine Ahnung von den Schlaftabletten. Sie rief in der Arbeit um 5.00 Uhr an und sagte denen dass sie nicht kommen kann. Wir stritten bis um 8.00 Uhr dann zog ich mich an, schwankte wie eine Besoffene. Mutti war noch immer am rumbrüllen. Ich nahm die restlichen Schlaftabletten und ging zu Georg in die Schule. Die frische Luft tat mir gut und ich wunderte mich wie ich mich noch auf den Beinen halten konnte. Mutti rannte mir hinterher und wollte mich festhalten. Ich drohte ihr zu Schreien so dass die Nachbarn es hören würden. Ich sah ihre Verzweiflung, doch ich war auch verzweifelt, konnte nicht mehr klar denken. In Georgs Schulpause ging ich zu ihm und gab ihm die restlichen Schlaftabletten, die Schule war nur einige Meter von Zuhause entfernt. Heute frage ich mich was wohl in ihn vorgegangen sein mag, da er so ruhig geblieben ist und nicht mal auf die Idee gekommen war, den Rettungswagen zu rufen. Am liebsten hätte ich die restlichen Tabletten auch noch geschluckt. Ich setzte mich in den Bus und fuhr zu einer Telefonzelle wo ich meine Therapeutin anrief, da ich trotz allem zu ihr das meiste Vertrauen hatte. Schilderte ihr wo ich war und was ich getan hatte. Da sie gerade in einem Gespräch war, war sie ziemlich verärgert. Sie schickte mir einen Rettungswagen, die mich ins Klinikum führen auf die Entgiftungsstation. Ich wollte nur noch schlafen. Die wunderten sich dass ich überhaupt noch wach war und noch stehen konnte. Es folgte, Auspumpen des Magens und lag einige Zeit auf der Intensivstation. Es durfte mich niemand von meinen Angehörigen besuchen. Meine Therapeutin kam aber und schien nicht mehr so verärgert zu sein. War froh zu der Zeit keinen Besuch zu haben aber mir fehlte doch Georg. Sie erlaubte mir, von ihm Besuch zu empfangen. Wir durften sogar für eine Stunde raus. Wäre ich später auf die Station zurückgekommen, hätte ich die Zeit überschritten, hätten sie die Polizei nach mir geschickt und mich in die Geschlossene ver-legt, also in die Psychiatrie. Drei Wochen war ich da. Einmal ließen sie mich wieder mit Georg raus, traf aber an einen versteckten Ort auch meine Eltern. Ich wollte sie doch sehen, also organisierte es Georg für mich und sprach mit meinen Eltern. Durfte bald Heim.

Das Erfreulichste war, dass ich in dieser Zeit ganz normal gegessen hatte und auch mich nicht übergeben habe. Alles schön und gut aber es blieb nicht lange so. Da ich es zu Hause nicht mehr aushielt, ständig diese Streitereien zwischen meinen Eltern, diese Kontrolle und ihre Aggressionen ließen sie auch immer an mir aus. Da kam ich auf die Idee, mit meinem Chef in der Arbeit zu reden und ihn zu fragen, ob er ein Zimmer im Altersheim für mich hätte. Ich erklärte ihm meine Situation und er gab mir ein Zimmer. Noch am selben Tag holte ich meine Sachen von zu Hause und zog ins Altersheim in den obersten Stock, in ein Gästezimmer ein. Mein Chef wusste aber nicht das ich im Krankenhaus war wegen Suizidversuch durch Schlaftabletten, sonst hätte ich wahrscheinlich da nicht mehr weiter arbeiten dürfen, da ich ständig mit Tabletten in Kontakt war und die Gefahr bzw. die Versuchung in diesem Beruf ziemlich groß war, wieder Tabletten zu nehmen, welche zu klauen ect. Eigentlich hätte jetzt wieder alles etwas besser laufen müssen aber es war nicht der Fall. Ich war immer noch deprimiert, nahm haufenweise L-Thyroxin Tabletten (Schilddrüsenhormone, um ab zu nehmen) und übergab mich wie eine Weltmeisterin. Einige von meinen Mitarbeiter waren der Meinung ich hätte ganz viel abgenommen aber ich glaubte es ihnen nicht. Ich ging auf mein Zimmer und schaute mir meinen Bauch an. Er war so fett, ich fühlte mich auch so. Das Gefühl kann man kaum beschreiben, Ekel, Schmutz ich weiß auch nicht, ich finde für das Gefühl was ich empfand gibt es einfach keine Worte. Also nahm ich das große Messer von meinem Vater und wollte mir ein Stück von meinem Bauch abschneiden, traute mich dann doch nicht. Ich setzte das Messer an meinem Unterschenkel und ritzte ein paar Mal, es tat kein bisschen weh. Ich ritze so stark, bis es so stark blutete dass ich die Wunden mit Binden und Slipeinlagen abdeckte weil ich nichts anderes da hatte und klebte es mit Fixomul Stretch zu. Zog dann meine breite Hose an damit es keiner sah und nicht so auffällt. Den Mitarbeitern fiel es nicht auf aber abends als ich mich auszog sah es natürlich Georg. Die Angst dass er mich verlassen wird war groß, wie immer, oh Gott hatte ich Verlustängste, die Vorstellung wieder alleine zu sein…….. aber in diesem Augenblick war mir eh alles egal. Natürlich fragte er sich was das soll, warum ich so was mache, er selbst viel in die deprie Phase, war seit dem her andauernd nachdenklich, machte mir aber keine
                                                                    Vorwürfe.
Am nächsten Tag waren Georg und ich bei meinen Eltern zum Essen eingeladen, ich hatte schon auf den Hinweg Tränen in den Augen weil ich nichts essen wollte und schon gar nicht vor meinen Eltern. Als wir da waren, aß ich natürlich nichts. Sie drängten mich ständig bis ich heulte. Schon der Geruch vom Essen verschaffte mir starke Übelkeit und ich war froh als wir wieder gehen konnten. Sie merkten nichts davon dass ich mich am Unter-

schenkel verletzt hatte. Wir waren anschließend noch einkaufen und ich kochte für uns. Hatte mir für mein Zimmer im Altersheim so Elektroherdplatten gekauft, damit ich kochen kann. (Konnte ich gar nicht kochen, es war mehr ein experimentieren und wenn es dann noch schmeckte, war ich stolz und freute mich). Beim Anblick was Georg so verputzte wurde es mir wieder schlecht und ich ging nach dem essen kotzen, rief anschließen Mutti an und sagte ihr das ich was gegessen habe, nichts aber vom Erbrechen erwähnt. Das passte ihr nun auch nicht, weil ich das Geld was sie mir gegeben hatte auf Essen ausgegeben hatte, wo ich doch bei ihr essen hätte können als wir bei ihnen waren.

Am selben Abend hatte ich starke Bauchschmerzen. Der Notarzt kam und brachte mich ins Klinikum wo ich schon bekannt war und vom Pfleger Bernhard sehnsüchtig erwartet wurde. Am nächsten Abend war ich aber auch schon wieder draußen. Ich ging auf eigene Verantwortung, musste aber dafür unterschreiben. Im Altersheim ging es mir aber auch nicht besser also kam am selben Abend wieder der Notarzt gab mir eine starke Spritze gegen die Schmerzen, so dass ich erstmal drei Stunden lang schlief. Nachdem ich aufgewacht war, hatte ich erneut Schmerzen also wurde der Rettungswagen erneut gerufen und brachte mich ein letztes Mal ins Klinikum. Diagnose, wie immer: Bauchspeicheldrüsenentzündung mit Stoffwechselentgleisung. Diesmal blieb ich. Ich hatte in letzter Zeit nur gegessen und erbrochen, hatte so ein Druck weil ich wusste dass die Zeit immer näher rückt wo ich in die Psychosomatik muss und hatte große Angst davor. Angst eingesperrt zu sein, Georg nicht mehr sehen zu dürfen und natürlich zuzunehmen. In der Notaufnahme legten sie mir einen Kavakatheter, sechs Flaschen mit Flüssigkeit und gaben mir noch mal ein Schmerzmittel. Ich hatte diesmal so starke Schmerzen dass ich weder stehen noch liegen konnte. Ich weinte vor Schmerzen, krümmte mich vor Schmerzen, wollte nur noch dass es aufhört, dass ich tot bin......
Von dem ganzen Schmerzmittel war ich schon fast bewusstlos. Musste auch noch erbrechen. Innerlich schrie ich nach Georg und wann immer er durfte kam er zu mir rein. Sie legten mich mal wieder auf Intensiv und hatte noch zwei Perfusor mit Kalium und Insulin an. Bekam noch einen DK (Dauerkatheter= Urinkatheter) bei der Menge Flüssigkeit wäre ich von dem Nachttopf gar nicht mehr runter gekommen. Eine fette Ärztin wollte mir dann noch eine Magensonde legen weil ich mich immer übergeben musste. Als ich nach ein paar Tagen keine Schmerzen mehr hatte, träumte ich auf der Intensiv vom Essen, es war so schlimm das ich nachts nicht mal mehr schlafen konnte. Mein Fehler war dass ich es den Ärzten erzählt hatte und sie mir gegen mein-en Hunger IV Fette anhängten, hatte ich davor noch nie was davon gehört.   Am liebsten hätte ich mir den Schlauch raus gerissen. Ich musste da durch. Lag wieder so lange aus der Intensiv, bis die Blutwerte im Normalen Bereich lagen. Auch wenn man sich um einen mehr kümmert, als

auf einer normalen Station, ist es manchmal doch auch zum Nachteil. Die messen auf der Intensivstation fast stündlich den BZ, immer wieder andere Untersuchungen, Messungen. Kaum ist man eingeschlafen, kommen die Schwestern wieder. Auf der normalen Station ging es dann wieder los mit Tee und Zwieback.... das übliche Programm. Ich hatte noch eine ganze Weile einige Geräte dran, wahrscheinlich damit ich nicht raus konnte und mir was zu Essen kaufe.

Am 30.03.99 wurde ich in die Psychosomatik verlegt. Anfangs habe ich nur geweint, wollte Heim, bin kaum aus meinem Zimmer, das ich mit drei anderen Mädchen teilte. Hatte ein paar Tage Kontaktsperre, was hieß, keinen Kontakt zu meinen Eltern oder Freunde oder sonst jemanden. Das Beste war aber noch dass das Pflegepersonal keine Ahnung vom Diabetes hatte und ich selber ohne Aufsicht spritzen und messen durfte. Es war ja klar dass ich da einige male meinen Trick anwandte um gute BZ. Werte vorzuweisen. In der Früh hatte ich einen Blutzucker von 364mg, mischte ein Tropfen Blut mit Insulin und bekam einen Wert von 164mg raus. Oft hatte ich gerade wenn ich auf den Balkon stand, meine deprie Phase. Wahrscheinlich dachte ich im unteren Bewusstsein an damals als ich in Klinikum im 8. Stockwerk stand uns.... hätte mich am liebsten in tausend Stücke geschnitten weil ich mich so fett fühlte. Auf der normalen Station hatte ich eine Flasche Laxoberal (Abführtropfen) vom Pflegewagen geklaut und die ganze Flasche fast genommen aber es tat sich nichts. Mein Körper hatte sich schon zu sehr an die Abführmittel dran gewöhnt. Nachdem ich mit einer Patientin, Ötzi hieß sie, gesprochen hatte ging es mir etwas besser. Trotzdem wollte ich immer noch Heim. Da ich Diabetikerin bin bekam ich mein Frühstück aus der Kantine immer verpackt auf die Station, abends auch. Die anderen konnten sich am Buffet bedienen. Mittagessen durfte ich wählen zwischen drei Mahlzeiten, es war kein Diabetikeressen, sondern normal wie die anderen auch. Meistens schauten die anderen beim Abendessen so blöd wenn ich mit meinem abgepackten Essen kam. Wenn ich dann noch ein bisschen Salat vorne am Buffet mir holte, spürte ich die Blicke der Anderen und hatte Angst was sie denken würden. Dass ich vielleicht verfressen sei? Da ich noch Kontaktsperre hatte aber Geld und eine Telefonkarte benötigte, rief ich heimlich Georg an um mich mit ihm zu treffen. Ich ging mit Ötzi zum Treffen, die ebenfalls Kontaktsperre hatte. Er wartete am Klinikumseingang. Wir machten ihm Handzeichen, damit er auf die andere Straßenseite geht um nicht von einem Pflegepersonal vielleicht gesehen zu werden. Wir liefen parallel einige Straßen bis wir uns sicher fühlten, erst dann trauten wir uns aufeinander zu gehen. Ich kaufte mir bevor wir wieder zurück liefen Zwieback und Cola Light, fing schon davor an, am Zwieback rum zu knabbern. Ich war ständig am Zwieback essen

1.04.99 Mittag gab es Spätzle mit Putenschnitzel, fühlte mich danach so fett. Ötzi wollte mich ablenken, doch ich ging aufs Klo kotzen. Ötzi kam auch und es war so als würden wir um die Wette kotzen. Am Abend das gleiche Spiel, aber diesmal nur ich. Ostermontag waren alle außer Haus. Ich sollte zu mein-en Eltern aber ohne Georg wollte ich auch nicht. Konnte auch nicht zu mir ins Altersheim fahren, da ich kein Geld für die Fahrkarte hatte. Ötzi kam und packte mich am Arm, sie fuhr mich ins Altersheim wo Georg auf mich wartete. Es war nicht gerade eine gute Stimmung. War deprimiert, hatte Angst, fühlte mich unwohl, wollte wieder zurück. Ich kochte uns dann Nudelsuppe, aber was für eine, man konnte es grad noch so essen. Mit Spaghettinudeln die ich anschließend mit dem Spaghettilöffel rausfischte und mit Butter und Salz aß. Wir hatten eben nichts anderes da. Hinterher war mir schlecht und ich ging kotzen aber ich glaube danach wäre es jedem schlecht geworden.
Die zwei Tage wo ich zu Hause sein durfte war ich nur am essen und kotzen. Eines Abends hatte ich wieder einen Fressanfall. Ein kg Süßigkeiten, 500g Plätzchen, 300g Rosienenschnitten, 200g Eierwaffeln usw., erbrochen. Als ich in der Psychosomatik eintraf rief gerade Mum an, sie weinte und war ziemlich traurig weil ich nicht bei ihr gewesen bin.

6.04.99 Wiegen war angesagt. (60,4kg) Scheiße! Der Tag kam mir so lange vor. Jede Stunde die ich frei hatte lief ich in die Stadt gab massenhaft Geld aus. In den Gruppengesprächen hatte ich gar keine Lust zuzuhören, dachte mir nur, bla, bla bla....Später ging ich in den Park. Ich kaufte mir Zigaretten und fing das Rauchen wieder an. Mir war nach jeder Zigarette so schwindelig dass ich kaum stehen konnte alles drehte sich. Mit Georg hatte ich ständig Streit, die anderen Mitpatienten versuchten mich zu beeinflussen, sagten mir andauernd er sei nicht der Richtige für mich. Ich hatte so einen Hass auf ihn, wieso weiß ich nicht, er hat eigentlich gar nichts Schlimmes getan. Wenn er bei mir war hasste ich ihn, wollte meine Ruhe, wenn er sich eine Zeit lang nicht meldete oder er nicht bei mir war, vermisste ich ihn. Und wenn er das Gefühl hatte dass ich vor hatte die Beziehung zu beenden, gab er sich ganz viel Mühe und war der Liebste.
Gestaltungstherapie war langweilig. Georg kam um 18.00 Uhr und wir gingen in den Park. Er ignorierte mich. Ich verlange ja nicht von ihm dass wir dauernd rum knutschen, aber miteinander reden. Nur wenn das Wort Schluss fällt gibt er sich wieder Mühe, redete dann wie ein Wasserfall. Nach einer Stunde bin ich gegangen. Ich lief zur Telefonzelle und tat so als würde ich mit jemand reden, wollte ihn nur eifersüchtig machen. Ich hatte die hal-

be Küche für ihn gelehrt. Gab ihm 10 belegte Brötchen mit, Wurst, Käse, Marmelade, einfach alles was ich finden konnte. Der Arsch hat sich nicht mal bei mir bedankt. Es ging also mit Georg so auf und ab. Am Tag darauf waren wir am Volksfest. Ich entdeckte meinen Ex den Christian und sagte es Georg, der eifersüchtig zu sein schien und kurz darauf verschwand. Ich konnte ihn nirgends entdecken, bis die Band auf der Bühne aufhörte zu spielen und ich Georg oben stehen sah, mit dem Mikrophon in der Hand und mich auf die Bühne holte. Ich war total aufgeregt und schämte mich vor meinem Ex. Oh Gott, mir ahnte Böses. Als ich da oben stand, zitterten meine Knie und hatte Angst. Georg machte mir vor all den Menschen im Bierzelt einen Heiratsantrag, und ich merkte wie er dann zu Christian rüber blickte, ich glaube er wollte ihn eifersüchtig machen. Ich hatte eine Wut im Bauch, tat so als ob ich mich wahnsinnig freuen würde, in Wirklichkeit hätte ich Georg erschlagen können. Natürlich sagte ich ins Mikrofon "JA", und war froh als wir gingen. Oh man war das Peinlich. Nie im Leben hätte ich Georg geheiratet. Alle gratulierten uns. Mir blieb noch immer die Spucke weg. Er hatte es anscheinend doch ernst gemeint und der Auslöser war tatsächlich mein Ex. Mein Ex erzählte er gleich seiner Cousine, der Katja, die mich später darauf ansprach.

13.04.99 Bin andauernd deprimiert, habe seit gestern wieder zwei Kilo zugenommen, weil ich wieder ganz normal gespritzt habe. Ich weiß z.B. dass wenn der Blutzucker eine ganze Weile schlecht eingestellt war und dann man hinterher wieder normal spritzt, sich im Körper Wasser einlagert und dadurch wiegt man mehr, nach einiger Zeit normalisiert sich das dann aber wieder. Mir ist es egal wie es abläuft, ich weiß nur was die Waage angezeigt hat und dass es mich deprimiert. Ich bin schon am überlegen die Therapie abzubrechen, denn die Themen wie Sex, Hass gegen die Eltern usw. interessieren mich nicht. Ich bin gar nicht richtig dabei. Möchte nur meine Ruhe. Dachte auch schon wieder an Selbstmord. Habe auch mit Mutti telefoniert, die gleich wieder sauer war. Was für eine Einstellung das wäre die Therapie abzubrechen und das ich Schuld sei an meiner Krankheit. Na ja was war schon von ihr aus zu erwarten, Verständnis und Unterstützung bestimmt nicht. Aber irgendwie hinterher auch verständlich ihre Reaktion, evtl. war sie auch verzweifelt und reagierte so, keine Ahnung.

15.04.99 Georg hat mit mir Schluss gemacht, wieso weiß ich nicht, er hat mir vorgeworfen, wenn mir mehr an ihm gelegen hätte, dann hätte ich schon viel früher mit der Therapie begonnen. So ein Idiot, so lange kenne ich ihn doch gar nicht. Mich störte es nicht mal so sehr das er die Beziehung beendet hat, mehr dass ich jetzt mich wieder ziemlich alleine fühlte, aber ich wusste auch dass er wieder kommen wird. Am nächsten Tag hielt ich es nicht mehr aus und wir verabredeten uns zu einem Gespräch, davor habe ich ihm noch einen Brief geschrieben. Ich war immer so talentiert in Briefe schreiben. Wir trafen uns bei mir im Altersheim um zu reden, doch für ihn war kein Gespräch nötig, er tat so als wäre alles ganz normal, als wären wir nicht mal getrennt..... Als ich in der Psychosomatik zurück war ignorierten mich die meisten, denn sie wussten dass ich mich mit Georg wieder versöhnt hatte.

22.04.99 Habe seit Tagen nicht mehr Blutzucker gemessen, bzw. gespritzt. Erst am Abend spritzte mir dann Georg 20 EI Insulin. Kurz darauf, kommt die Schwester von der Psychosomatik zu mir ins Zimmer und fragt mich ob ich mal kurz mit ihr ins Schwesternzimmer kommen kann um mit ihrem Messgerät zu messen, da ihres vielleicht kaputt sei. Ich hatte solche Angst da ich wusste dass mein BZ sehr hoch ist. Ich tat nur wenig Blut drauf und führte den Teststreifen falsch in das Messgerät ein, und es erschien „Error 2". Ich dachte zu erst es sei ein Trick von der Schwester um mich zu kontrollieren, um meinen Blutzucker zu testen. Wahrscheinlich waren sie dahinter gekommen und hatten mich durchschaut aber es war ein Messgerät von Manfred, der Diabetes Typ 2 hatte und sehr übergewichtig war. Die Schwester las in der Gebrauchsanweisung vor was „Error 2" war und war der Meinung das Gerät sei kaputt. So hatte ich noch mal Glück gehabt. Ansonsten hatte ich echt Glück gehabt, sonst hätten sie mich entweder wieder auf die normale Station um meinen Blutzucker ein zu stellen oder ich hätte wieder nur unter Aufsicht spritzen und messen dürfen.

30.04.99 Es geht mir schlecht. Mein BZ ist wieder bei HI und in der Therapiestunde - Gestalten, war auch einiges los. Ich zeichnete immer alles in Schwarz und langweilte mich oft da diese Therapie immer 4Stunden dauerte. Eine Patientin zeichnete ein merkwürdiges Bild und sprach darüber, dass sie als kleines Kind missbraucht worden sei. Wir rannten beide heulend raus, in einem anderen Raum. Ich erinnerte mich wieder an die Situation in Ansbach im Park. Mir war so übel, musste drei mal erbrechen, fühlte mich wieder so schmutzig, stand dann eine halbe Stunde unter der Dusche und als Georg kam wurde es auch nicht besser, ich hatte so eine Aggression in mir,so dass ich ihn bald wieder Heim schickte. Am Wochenende war ich dann Zuhause im Altersheim. Es war halt jetzt mein Zuhause das Altersheim. Mein Blutzucker muss bei 800mg gewesen sein. War total müde, konnte kaum stehen, war unruhig und aggressiv. Schlief sogar bei der Hinfahrt im Bus und in der U-Bahn. Georg wollte mir schon Insulin spritzen aber ich ließ es nicht zu. Als er mich ganz ernst ansah bekam ich Angst aber versuchte sie durch ein Lächeln zu verbergen, bzw. zu überspielen. Um

20.00 Uhr fiel ich ins Bett und schlief wie eine Tote. Um 2.00 Uhr wurde ich wach da ich mal wieder ins Bett gemacht hatte und es nicht gemerkt habe. Hatte aber eine Moltex darunter, wo nichts durchlässt, wird auch bei den alten Leuten im Altersheim ins Bett mit rein gelegt, falls diese urinieren, Um 4.00 Uhr wachte ich auf weil ich starke Bauchschmerzen hatte, da spritzte ich 26 IE Insulin, aber mein BZ war in der Früh immer noch bei HI. Ich fuhr später in die Stadt, wollte mir eine Kleinigkeit zu Essen kaufen, weil ich Hunger hatte doch ich verlor die Kontrolle und geriet in einen Fressanfall. Döner, eine Tüte Haribo, Kuchen, belegte Brötchen, ein Glas Nutella, Eis, Schokolade usw. Da ich das auf dem schnellsten Wege loswerden wollte, fuhr ich zu erst zu meinen Eltern, dachte es wäre keiner da, aber mein Dad war Zuhause. Als er kurz im Keller war nutzte ich die Gelegenheit und ging mich aufs Klo übergeben. Schnell Toilette sauber machen, mit Deo sprühen, am besten noch nebenbei den Wasserhahn laufen lassen, dann fällt es nicht so auf. Mein Dad hatte zum Glück nichts bemerkt und wenn er doch was gemerkt hätte musste ich mir halt eine Ausrede einfallen lassen, wie: „Mir war übel…". Auf der Fahrt in die Psychosomatik, machte ich noch mal beim MC Donald halt und übergab mich ein zweites mal da ich beim ersten mal nicht alles raus bekommen hatte.
Es ist schwierig seine Sache zu beenden, wenn man das Gefühl hat unter drück zu stehen, Angst haben muss erwischt zu werden. Erwischt zu werden wäre nicht so schlimm, wie das schlechte Gewissen, der Scharm….

Oft sitze ich da und denke nach, denke zu viel nach, gerate wieder in eine deprie Phase. Entweder ich denke über mein Leben nach oder es dreht sich alles ums Essen und nicht Essen um Kcal ums Erbrechen.

Meine Augen füllen sich mit Tränen, habe Angst, vor so vielen Sachen, vor allem vor dem Zunehmen. Das Abnehmen erscheint mir wichtiger als mein Leben. Sehe oft keinen Sinn in der Therapie da ich bis jetzt fast nichts erreicht habe und wenn ich hier draußen bin wahrscheinlich in zwei Wochen auf der Intensiv liege mit einer Stoffwechselentgleisung. Ich habe nicht mal den Willen dazu, plane schon wieder meine Tagesabläufe wenn ich aus der Therapie draußen bin, ist doch irre. Einige Zeit in der Therapie hatte ich Pro-bleme mit einem männlichen Patienten. Er war stark übergewichtig und als ich in der Gruppe mal ansprach das ich auf dicke Männer stehe hat er sich weiß Gott was eingebildet mich immer angemacht, mir in der Früh am Frühstückstisch dauernd ein Geschenk hinterlegt, bis ich ihm mal klar machte dass er mich in ruhe lassen soll. (Wow ich hatte es mal geschafft meinen Mund auf zu bekommen und meine Meinung zu sagen, anscheinend hatte die Therapie doch ein bisschen angeschlagen hi, hi) Er war dann so beleidigt, dass er eine ganze Nacht aus der Psychosomatik verschwand, am nächsten Tag wieder kam, seine Sachen packte und die Therapie abbrach.

Es war wahrscheinlich auch das Beste sonst hätte uns das Personal beide rausgeschmissen. Mir tat er irgendwie leid. Der Auslöser war wieder, dass ich nur am Essen und Erbreh-hen war. Die anderen wunderten sich schon wie ich nur so viel essen konnte, sie wussten nicht dass ich in der Therapie auch erbreche. Musste weinen weil ich auch wusste das ich trotz erbrechen zugenommen hatte. Langsam steuerte ich auf die 70Kg zu. Ich fühlte mich so schrecklich, die Hosen waren mir auch schon zu eng, aber es gab auch lustige Augenblicke. Ötzi hatte vorgestern auf blöd gemacht, sie hat so ge-tan als sei sie am Abend besoffen, bzw. von ihren Schlaftabletten betäubt. Sonja und ich spielten ihr Spiel mit. Wir brachten sie auf ihr Zimmer und zogen sie aus. Ich nahm ab und zu den Fotoapparat und fotografierte sie halb nackt. Dann klopfte es an der Tür und wir dachten es wäre die Nacht-schwester. Wir liefen auf den Balkon und wollten durch ein anderes Zim-mer wieder rein auf den Flur. Ich machte mir ernsthaft in die Hose vor Lachen, zum Schluss war es doch nur eine Mit-patientin. Gestern kam Ötzi dann zu mir mit einer Pralinenschachtel und ich hatte mich schon riesig ge-freut. Sie drückte mir die Schachtel in die Hand und meinte ich soll darauf aufpassen, denn sie müsse zum Einzelgespräch in die Therapie. Ich öffnete voller Vorfreude die Schachtel und traute meinen Augen nicht. Dreht die Frau nun völlig durch? - In der Schachtel war ein Nest aus Gras mit einer Blume und ein kleiner Spatz. Mir war klar dass der nicht lange leben wird und so war es auch, obwohl Sonja und ich, Mama spielten und versuchten den kleinen Spatz warm zu halten und uns um den Kleinen zu kümmern.

25.05.99 Habe zwei Wochen Verlängerung bekommen für die stationäre Therapie. War eine ganze Zeit lang alleine im Dreibettzimmer, nun ist Jana bei mir mit im Zimmer. Sie ist total nett, aber sie tut mir leid denn sie hat vor einigen Wochen ihr Bruder bei einem Verkehrsunfall verloren und ist ziemlich traumatisiert. Am Wochenende fuhr ich nach Hause. Harald ein Mitpatient fährt mich immer mit dem Auto weil es auf seinem Weg liegt. Am An-fang hatte ich Angst vor ihm, da er ziemlich kräftig gebaut ist. Er könnte aber nicht mal einer Fliege was zu leide tun. Auf der Heimfahrt er-zählte er mir von seinem Arbeitskollegen, Karsten, der 25 Jahre alt ist und mir vorstellen möchte. Er meinte Georg wäre nicht der Richtige für mich, und es wäre kein Wunder wenn wir in den fünf Monaten noch nicht Mitein-ander geschlafen hätten, er müsse wie eine Schlaftablette im Bett sein. Ha-rald wusste glaube ich nicht, dass da noch das Problem bei mir mit dem Sex war, nachdem was mir zugestoßen war. Klar, Georg war nicht der schnells-te, egal ob im Denken, Handeln, und im Bett weiß ich nicht, glaube aber auch nicht. Ich hatte nicht das Bedürfnis mit Georg zu schlafen, ich glaube ich habe ihn nicht mal geliebt, sondern war froh nicht alleine zu sein wie immer aber wenigstens das Gefühl dass jemand da ist, mal Geborgenheit zu bekommen. Ich schenkte der ganzen Sache mit diesem Karsten keine Beachtung mehr, mir war klar dass ich mich von Georg nicht trennen werde, schließlich bildete ich mir immerhin ein, ihn zu lieben und wieder einen neuen Freund?! Irgendwann muss es ja auch gut sein. Das letzte mal als Georg mich in der Psychosomatik besuchen kam und alle am Balkon standen, lachten sie ihn aus, weil er so ungepflegt aussah, so langsam lief als ob er gleich einschlafen würde. Harald meinte noch, es wäre meine innere Abwehr, die keinen Sex mit ihm will, weil ich mich wahrscheinlich vor ihm ekele. (Kann schon sein).

27.05.99 Heute war ein grauenvoller Tag. In der Früh um 8.00 Uhr holte mich eine Therapeutin aus dem Zimmer und sagte mir dass mein Freund auf Bau 39/E liegen würde. Ich fiel aus allen Wolken, denn da war ich auch schon, als ich den Selbstmordversuch hatte mit den Schlaftabletten und mir der Magen ausgepumpt wurde. Tausend Gedanken schossen mir durch den Kopf und die häufigste Frage war WARUM? War ich dran schuld? Er war gestern auch so verärgert auf mich aber warum gleich umbringen wollen. Sie sagte er würde seit gestern Abend schlafen und in Lebensgefahr sein. Ich war überfallen von Heulkrämpfen, warum tut er mir das an und gerade jetzt wo ich auf Therapie bin? Wollte sofort zu ihm aber es hieß ich darf am Nachmittag ab 15.00 Uhr erst zu ihm. Diese Anspannung, diese Warterei machte mich noch wahnsinnig. Um 15.00 Uhr fragte ich noch mal nach und dann hieß es wieder warten bis 18.00 Uhr. Jana und ich gingen um mich etwas abzulenken spazieren. Ich schickte sie auf Bau 39/E um sich nach ihm zu erkundigen, denn mich ließen sie ja nicht rein. In dieser Zeit rief ich Georgs Eltern an, die anschließend auch kamen. Wir gingen zusammen zu ihm. Er war schon etwas sauer das ich seine Eltern benachrichtigt hatte, er hatte aber auch Angst dass ich die Beziehung beende. Von seinen Eltern erfuhr ich später als wir uns noch auf einer Parkbank unterhielten, dass er die Ärzte angelogen hatte. Er hatte den Ärzten gesagt, dass er seine Eltern seit Jahren nicht mehr gesehen hat, dabei war es erst letztes Wochenende, dass er Diabetes hat usw. seine Eltern standen ganz schön blöd da vor den Ärzten. Ich erfuhr noch viel mehr über ihn. Er be-kommt gar keine Sozialhilfe wie er es mir erzählt hatte, seine Eltern sind das Sozialamt, sie überweisen ihm ständig Geld und unterstützen ihn. Toll und ich versorgte uns beide mit nicht mal 400,-DM im Monat. Seine Eltern waren echt nett, wollten mich schon lange kennen lernen aber er sagte zu ihnen, ich sei noch psychisch zu labil und zu schwach, und zu mir meinte er damals sein Vater wäre sehr aggressiv. Sie wussten auch nicht, dass er bei mir im Altersheim wohnt (damals sagte er mir er ums zu mir ziehen da er sein Zimmer im Kolpinghaus vermietet hätte, fragte mich schon lange daher, wo er dann seine Wäsche

waschen tut, denn bei mir hatte er nichts an Wäsche). Er hatte also noch sein Zimmer und da konnte er natürlich auch waschen, so wurde mir einiges klar, aber warum diese Lügen? Mir war noch immer rätselhaft warum er sich umbringen wollte. Angeblich hat er die restlichen Tranxilium von mir genommen, die ich ihm damals an der Schule in seiner Schulpause gegeben hatte. Alkohol dazu getrunken und sich mit meinem Penn einige Einheiten Insulin gespritzt. Mit einem Blutzucker von 32mg ist er eingeliefert worden und behauptete nun Diabetes zu haben bzw. er redet sich es ernsthaft ein.
Gleicher Tag:
22.00 Uhr habe starke Bauchschmerzen, BZ über 600mg, Rückenschmerzen, Wadenkrämpfe. Nach 30 Einheiten Insulin, BZ noch immer über 600mg, noch mal 20 Einheiten gespritzt. Habe 60 Abführtabletten genommen, nichts geschah.... Georg wollte die Beziehung beenden, hat es aber dann doch nicht getan. Ich würde ja gerne, trau mich aber nicht, habe Angst von meinen Eltern wieder beschimpft zu werden, also warte ich und gehe ihm so lange auf die Nerven bis er es macht.

11.06.99 Georg hat endlich die Beziehung beendet. Mir geht's aber ganz gut. Erbrochen habe ich nicht mehr so oft weil ich mittlerweile Angst habe. Habe eine Mahnung von meiner Therapeutin bekommen, weil ich zur Therapiegruppe nicht erschienen bin aber ich hatte auch einen Grund dafür. Die meiste Zeit verbrachte ich auf der Toilette weil die Wirkung der Abführtabletten ein-traf die ich zuvor genommen hatte. Gut, deshalb hatte ich auch nicht mehr erbrochen, denn es ist ja egal ob es vorne oder hinten alles wieder raus kommt.
Jemand Muss mich aber verraten haben das ich Abführtabletten, Entwässerungstablette und Apfelessig zu mir nehme, anders wüsste ich nicht wie sie drauf kommen.

22.06.99 Dieser Karsten, Haralds Arbeitskollege hat mich auf der Psychosomatik angerufen. Wir haben uns mittlerweile ein paar Mal getroffen, ich war schon mit bei ihm Zuhause. Schon am ersten Tag als wir spazieren waren gestand er mir das er sich in mich verliebt hat. Mir war dies alles zu schnell, und wollte keine Beziehung. Er meinte ich soll darüber nachdenken und ihm Bescheid geben. Ich fühlte mich unter Druck. Aber wieso jetzt Andrea? Sonst war ich doch auch immer zu haben, hatte immer Angst vor dem Alleinsein! Hää.. bin ich noch normal? War ich es jemals oder werde ich gerade in diesem Augenblick normal? Jetzt kommt ein Mann der Arbeit hat, der eine Ernsthafte Beziehung möchte, der was im Köpfchen hat und ich? Ich sage NEIN?!

Es stresste mich doch ein bisschen die Sache mit Karsten, evtl. hatte ich Angst vor lieben könnte, Angst dass ich mich zum ersten Mal wirklich verlieben könnte. Am Abend aß ich dann ein Glas Nutella und erbrach ein paar Mal. Anschließend ritzte ich mich wieder mit der Rasierklinge aber mir ging es hinterher trotzdem nicht besser. Meinen Blutzucker hatte ich seit zwei Ta-gen nicht mehr gemessen. Auslöser – Problem – Karsten?

2.07.99 Bin seit einiger Zeit aus der Psychosomatik draußen. Karsten und ich sind seit einem Monat zusammen. Er war letzte Nacht bei mir da es mir so schlecht ging. Mein BZ war wieder hoch und mein Keton über 180mg. Mir kommt es noch immer vor als hätte ich gar keine Beziehung mit ihm. Er klammert so an mir, und er kommt mir oft so sexbesessen vor. Ich weiß aber dass er mich sehr liebt. Habe Angst dass die Beziehung nicht lange halten wird, da er so klammert und mich noch so einige Dinge an ihn stören und ich mich nicht traue zu ihm was zu sagen. Als Karsten mal bei mir im Altersheim übernachtete und wir miteinander kuschelten, war mir so übel hinterher, dass ich kotzen musste und ich mir wünschte er würde auf der Stelle gehen. Ich hatte Glück und er ging um 5.00 Uhr in der Früh. Während er weg war musste ich erbrechen, doch er kam wieder und als er an meiner Tür klopfte wollte ich am liebsten gar nicht aufmachen. Am nächsten Tag wollte ich ihn nicht sehen.

Mir ging es nicht so gut da ich im Altersheim meine Stelle verloren hatte und mir auch bewusst war das ich aus dem Zimmer auch raus musste und das hieß, zurück zu meinen Eltern. Karsten verstand meine Reaktion da nicht ganz aber er hatte doch Verständnis. Mein Glück war, dass ich eine Ausbildungsstelle in Ochsenfurt als Krankenpflegehelferin bekam, wo Karsten auch nicht sehr begeistert wirkte, ich freute mich umso mehr. Am Abend als er zu mir kam und wir miteinander kuschelten und schmusten, hielt er mich so fest an sich dass es mir recht unangenehm war und ich versuchte los zu kommen. Er wurde laut und meinte ich soll doch endlich still halten. Bilder schossen mir wieder durch den Kopf was damals in Ansbach geschähen war und ich musste weinen und entschuldigte mich bei ihm. Er wusste natürlich noch nichts von der Sache aber mir war auch klar das ich es ihm irgendwann mal sagen werden muss. Ekel kam in mir hoch und ich musste erbrechen.

6.08.99 Bin noch immer mit Karsten zusammen und es läuft alles prima. Wir haben aber noch nicht miteinander geschlafen, habe seit über einem Jahr keinen Sex mehr gehabt, seit der Sache die in Ansbach passiert war. Habe mir mit Karsten, Ötzis Wohnung angeschaut da wir eine WG gründen wollten, bin aber trotzdem vorerst zu meinen Eltern. Am Wochenende hatte mich Nadine angerufen, die mit mir in der Psychosomatik war und wollte mit mir in die Disco, was wir auch machten. Aufgestylt versuchten wir zu flirten und es gelang uns auch. Da war ein Typ den ich total süß fand und ich wäre am liebsten in seinen Armen dahin geschmolzen. Ich dachte nur eine Frau die diesen Typ bekommt kann sich glücklich schätzen. Genauso schnell wie ich mich in diesen Typ verguckt hatte habe ich auch wieder an Karsten gedacht. (Ich bessere mich, hi,hi) Um 22.00 Uhr waren wir dort und eine Stunde später wäre ich am liebsten zu ihm gefahren, er wohnte schließlich nur fünf Minuten davon entfernt. Meine Gedanken waren ständig bei ihm und wünschte mir so sehr dass er von alleine auf die Idee käme, in die Disco zu kommen um mich zu sehen. Als wir um 5.00 Uhr Heim fuhren wollte ich schon Brötchen holen und gleich zu ihm. Später rief ich ihn aber an und machte mir voll die Gedan-ken weil er bei einer guten Freundin war. Na wir werden doch nicht War deprimiert, dachte an tausend Dinge, vor allem an meinen ganzen Beziehungen zu Männer die ich schon hatte, und warum es immer endete. Jedes Mal war ich mir sicher es sei der Mann fürs Leben und dann war's doch nichts Richtiges. Immer wenn ich von denjenigen unbeachtet, ignoriert fühlte suchte ich mir einen Anderen, oder machte grad mal mit einem Anderen ein bisschen rum, wobei ich mir nichts dabei dachte und schon gar nicht, dass ich meinen Partner damit verletzen könnte. Es brauchte nur einer zu mir kommen und mir Komplimente machen und schon war ich hin und weg und dachte der muss mich einfach lieben. Das Schlimmste dabei ist, ich erzähle z.B. Karsten ständig von meinen Flirts, denke mir aber wirklich nichts dabei. Manchmal sollte ich vielleicht einfach meine Klappe halten.

„So gehe jetzt was essen, kann es doch nicht steuern." Bin fast jeden Tag mit Nadine zusammen. Langsam geht sie mir auf die Nerven, weil sie nur noch von ihrem Ex redet mit dem sie drei Jahre zusammen war. Verstehen kann ich sie nicht ganz. Er hat eine Andere, es ist sogar eine Freundin von ihr, und wenn er zu ihr zum reden abends kommt, richtet sie ihr Bett schön her und sie landen im Bett. Aus der Unterhaltung wird dann meistens nichts. Na ja muss sie wissen aber ich dachte mir um sie ein bisschen abzulenken, mal wieder in eine Disco zu gehen, was wir auch machten. Wir haben bestimmt sechs Jungs angemacht. Einer gefiel mir sehr gut und Nadine wollte mich schon mit ihm alleine lassen, aber ich dachte dann an Karsten. Sie hatte auch einen gefunden und schon in der ersten Nacht von ihm geträumt. Die darauf folgenden Tage verbrachte ich wieder mehr mit Karsten, aber es ging mir nicht so gut, mein BZ war wieder HI, ich atmete als wäre ich kurz vor dem Orgasmus, und geritzt habe ich mich auch mal wieder am Bauch und an den Unterschenkeln. Als Karsten und ich uns einen Film aus der Videothek ansahen und auf seinem Sofa saßen, und mir unters Shirt ging, merkte er dass ich mich geritzt hatte. Er war sauer, nahm sich eine Flasche Bier und rauchte eine nach der anderen. Ich hatte Tränen in den Augen und wusste dass es noch schlimmer kommen wird. Nach dem

Film wollten wir ins Bett doch ich weigerte mich meine Hose auszuziehen, da ich mich ja an den Beinen auch geritzt hatte und fing das Weinen an. Er hatte auch Tränen in den Augen und sagte mir dass er Angst hätte, dass ich mir was antu. Wir haben darüber noch lange diskutiert und es geklärt. Das Wochenende drauf war ich mit Nadine wieder in der Disco, davor trafen wir zwei Bekannte, Luci und Antonio, die später auch in der Disco auftauchten. Ich tanzte meistens mit Luci, ging aber ab und zu nach draußen um zu schauen ob Karsten vielleicht kommt. Ich hätte es mir gewünscht. Dieser Luci machte mich die ganze Zeit an, versuchte mich zu küssen und ich bekam bald die Krise. Da ich schon eine Stunde lang draußen stand schickte ich ihn rein damit er Nadine Bescheid gibt dass ich draußen bin und auf Karsten warte. Nadine kam dann mit beiden nach draußen zurück, zog mich zur Seite und sagte mir das Antonio in mich verliebt sei. Ich machte ihm klar dass ich einen Freund habe. Da ich davon ausging dass Karsten nicht mehr kommen wird gingen wir zusammen wieder rein. Nadine verdrückte sich mit einem Typ, den sie gerade kennen gelernt hatte und Luci wurde mir gegenüber immer aufdringlicher. Nach einer Weile packte er mich am Arm, zog mich in einer Ecke, bedrängte mich und steckte mir seine Zunge in den Mund. Als ich mich losgerissen hatte lief ich zur Nadine und plötzlich stand Karsten mit seinem Freund vor mir. Er hatte alles mit angesehen. Ich war total aufgeregt, freute mich aber dass er da war und umarmte ihn. Luci war noch immer hinter mir her, versuchte ihn abzuwimmeln. Karsten sah es, stand aber ganz ruhig da. Nach zehn Minuten meinte er zu mir es würde ihm nicht gut gehen und fuhr nach Hause. Ich verstand es nicht, ich meine, wieso hatte Karsten nichts unternommen? Sah er nur das was er sehen wollte? Ich ließ ihn gehen, ich wusste dass ich in solchen Augenblicken nicht mit ihm reden kann. Wir blieben auch nicht mehr lange. Karsten rief mich am nächsten Tag an und wir diskutierten über das was in der Disco gewesen war. Er meinte ich würde es provozieren ihn zu verletzen und verlangte von mir, dass ich ihm sage, dass ich ihn liebe, aber ich konnte es plötzlich nicht. Es war als hätte ich einen Klos im Hals, war mir auch plötzlich unsicher ob ich ihn überhaupt noch liebe, es war ganz komisch es war als wäre ich gar nicht mit ihm zusammen, meine Gefühle waren plötzlich weg. Aber ich kannte diese Gefühlsschwankungen, ich kannte sie aus der Beziehung mit Christian, zu gut. Da meine Eltern im Urlaub waren und mein Bruder auch nicht Zuhause war kam Karsten zu mir und blieb über Nacht. Ich konnte aber nicht einschlafen, konnte seine Nähe nicht ertragen, stand auf und legte mich zu meinen Bruder ins Zimmer. Es war 3.00 Uhr, er stand plötzlich vor mir und wollte mit mir reden. Er sagte dass er kein Vertrauen zu mir mehr hätte. Ich musste weinen, und sagte ihm es wäre besser dann die Beziehung zu beenden. Das wollte er aber nicht, ich glaube ich hätte es bereut. Ich entschuldigte mich bei ihm und wir gingen zusammen ins Bett. Die darauf folgende Zeit ging es mir wieder schlecht, Karsten war in Düsseldorf und ich vermisste ihn sehr. Mein Blutzucker war wie meistens sehr hoch, mein Bauch war total dick und ich sah aus wie eine Leiche. Konnte weder was essen noch trinken, machte mir dennoch eine Tomatensuppe die ich anschließend auf den neuen Teppichboden erbrochen hatte, weil ich es nicht mehr rechtzeitig aufs Klo geschafft habe. Zum Glück habe ich es nach einigen Tagen komplett raus bekommen und meine Eltern merkten nichts davon. Als Karsten zurück war und ich bei ihm in der Wohnung war, wollte ich zum ersten mal wieder Sex, aber er nicht. Ich war schon etwas überrascht denn die meisten Jungs wollten immer nur mit mir ins Bett und vor allem Karsten war ja immer für Sex zu haben. Wir beschlossen raus zu gehen, vielleicht lenkte es Karsten von dem Gedanken ab, mit mir zu schlafen. Machten uns also einen schönen Tag, gingen mit Nadine aufs Volksfest und danach zu ihr um noch einen Videofilm anzuschauen, von dem wir kaum was mitbekamen, denn sie laberte ständig über ihren Ex und Sex. Da es mir ja wieder besser ging, wahrscheinlich auch weil Karsten wieder da war, aß ich Zuhause Spaghetti, die ich erbrochen habe, in der Stadt einen Döner, Torte und ein Eis, als wir Zuhause waren, erneut erbrochen. Das Abnehmen war mir noch immer sehr wichtig. Ständig hohe BZ- Werte, schweres Atmen, Brechreiz, Puls 144, Gewicht 57kg, scheiße, nehme nichts mehr ab.

7.09.99 Heute hatte ich mit Karsten Sex (Wahnsinn oder? Hi, hi) und es war gar nicht so schlimm, hatte anfangs Angst, dass die Bilder von damals mir wieder im Kopf auftauchen. Ich versuchte es zu genießen und das wird auch der Grund gewesen sein, warum ich keine Panik bekommen habe. Es tat aber ziemlich weh, da mein BZ die ganze Zeit über so hoch ist, bin ich total ausgetrocknet gewesen. Konnte sogar einige Tage nicht mal richtig laufen. Ich lief irgendwie gegrätscht. Jetzt könnte man meinen, mit Karsten passt doch alles, also wozu noch abnehmen, erbrechen…? Karsten wog bei 175cm etwa 130kg. Für mich war er nie zu dick, er war halt mein Knuddelbär. Nie hätte ich mir vorstellen können mit einem völlig schlanken Mann zusammen zu sein, hatte bis dato auch noch keinen Schlanken, O.k. bis auf Adi, aber der war ja kein Mann. Ich liebte jedes Kilo an Karsten. Doch das änderte trotzdem nichts an meiner Einstellung zu meinem Aussehen. Durch den hohen BZ schaffte ich es dann doch ganz schnell abzunehmen wie immer, landete dafür wieder im Krankenhaus, diesmal nicht auf der Intensivstation. Ich hatte so einen Hass auf mich und meinen Körper, dass ich wieder an Selbstmord dachte, mir ging es so scheiße, aber ich war ja selbst schuld. Jedes mal wenn ich ins Krankenhaus muss und so starke Schmerzen habe, sage ich mir immer wieder-:"mit hohem BZ möchte ich nicht mehr abnehmen" und kaum bin ich Zuhause lasse ich das Insulin wieder weg. Ich werde nie daraus lernen. Die Zeit wo ich im Krankenhaus war, war nicht leicht für Karsten. Da ich Infusionen bekam, war ich wieder so aufgeschwollen, Wassereinlagerungen. Ich sah furchtbar aus wollte nicht dass er mich so sieht, geschweige mich auch nur berührt. Ich ließ es nicht zu das er kam, für mich war es auch schwer ihn nicht zu sehen aber ich fühlte mich so schrecklich fett, war ständig am Heulen und wollte nur noch Heim Diät machen. Karsten musste fast weinen, er verstand nicht wieso er mich nicht sehen durfte. Aber wir schafften es, die Zeit zu überbrücken und wenn es einen Tag gab wo es mir etwas besser ging durfte er kommen. Ich glaube ein anderer Mann hätte so was nie mitgemacht. Schon am Entlassungstag, als ich wusste dass die Schwestern mir kein BZ mehr messen würden und kein Arzt mehr zur Blutentnahme kommen würde, ließ ich in der Früh schon das Insulin weg. Ich hatte natürlich im Krankenhaus gute BZ- Werte. Aufgrund dass ich normal gespritzt habe und normal gegessen (Erbrechen half da auch nicht viel), hatte ich wieder mein altes Gewicht von 62kg. Karsten fand mich noch immer gutaussehend, aber ich mich zu fett und wollte wieder abnehmen. Damals als ich ihn kennen lernte hatte ich fast 70kg. Ich ließ ihn immer noch nicht an mich rann, erst in der Früh traute ich mich im Bett mich an ihn zu kuscheln. Ich liebe es nur manchmal seine Nähe zu spüren, auch wenn ich meinen Gefühlen oft unsicher bin oder gerade deshalb. Ob ich ihn liebe oder nicht, in meinem tiefsten Innersten weiß ich immer dass ich ihn über alles liebe. Es fiel mir schon immer schwer meine Liebe offen zu zeigen. Als er mich dann Heim fuhr sah er so sexy aus das ich ihm am liebsten um den Hals gefallen wäre, oder zurück ins Bett. Bei meinen Eltern war schlechte Stimmung angesagt. Hatte Streit mit Mutti und Dad sprach nichts mit mir, sah mich ständig so böse an. Er war sauer weil ich bei Karsten mal wieder übernachtet hatte, aber mir ging es ehrlich gesagt am Arsch vorbei, heute denke ich so egal war es mir wahrscheinlich gar nicht sonst hätte ich vielleicht keinen Fressanfall hinterher gehabt. Brot, Käse, Äpfel, ganzen Stollen, Suppe, Wiener, Joghurt, Zwieback, Bananen usw. Abgewartet bis meine Eltern außer Haus waren und dann noch ganz viel getrunken, aufs Klo, Finger in den Hals und alles schön wieder raus erbrochen. Oh, Gott war mir da schlecht, es musste einfach alles raus. Meine Beine zitterten und ich fühlte mich nicht besser. Wollte schlafen und ruhiger werden, da ich so unruhig nach dem Erbrechen bin und am liebsten im Haus putzen würde. Ich nahm ein paar Tropfen Novalgin, O.K. vielleicht etwas zu viel davon, denn als ich im Bett lag hatte ich das Gefühl zu schweben .ich konnte meinen Körper nicht mehr wahrnehmen, außer meinen Kopf und da drehte sich auch alles. Mir gingen noch so einige Sachen durch den Kopf bis ich einschlafen konnte. Hatte Angst bald nach Ochsenfurt zu gehen, und da vielleicht einen Anderen kennen zu lernen oder Karsten eine Andere. War noch nie so eifersüchtig wie bei ihm. Jede Frau die sich mit ihm unterhält macht mich schon wahnsinnig. Ich habe schon einen Hass gegen Nadine, weil die ihn immer so anmacht obwohl sie jetzt wieder mit ihrem Andi zusammen ist und ich mich für sie freu, jetzt nervt sie wenigstens nicht mehr. Aber wahrscheinlich redete ich mir es nur ein, dass Nadine was von Karsten will, außerdem sollte ich mir mehr Gedanken um mich und meinem Verhalten zu anderen Männern machen.

5.10.99 Seit dem 1.09. bin ich in Ochsenfurt im Schwesternwohnheim. An meinem Geburtstag vor zwei Tagen hatte ich mit Karsten eine kleine Auseinandersetzung. Er wollte unbedingt dass ich bei ihm schlafe doch ich konnte nicht weil ich an dem Tag ziemlich viel Wasser getrunken hatte und ich Angst hatte wegen meiner Inkontinenz. Doch wie sollte ich es ihm erklären ich schämte mich. Er wusste doch von meinem Problem. Ich fing so stark das Weinen an, das ich an die frische Luft musste die mir auch gut tat. Setzte mich auf eine Bank an einem Springbrunnen und er kam auch nach. Nach einigen Minuten war wieder alles Friede, Freude.... Karsten fuhr mich nach Ochsenfurt und wollte bei mir übernachten, aber ich wollte nicht. Die Leute waren etwas komisch, vom Verhalten her. Nachts war meistens Party los, Türen zuknallen, Geschrei, Alkohol usw. Maren, die "normal" war und ich machten da nie mit, deshalb wollten die Anderen auch nichts mit uns zu tun haben. Wir waren Außenseiter. Die meisten waren Alkoholiker, Drogensüchtige oder Eßgestört, wie ich und Maren. Ich mochte Maren sehr, sie hatte ihr Zimmer auch gleich neben meinem, aber ich sah in ihr eine Konkurrenz.
Auf der Station bin ich sehr beliebt und unsere Lehrerin meinte ich sei sehr intelligent. Ich liebe die Arbeit, aber das Schlimmste ist, ich vermisse Karsten so wahnsinnig. Am Wochenende war er bei mir aber es ging ihm nicht gut, musste in die Stadt, eine Stunde bin ich vom Wohnheim hingelaufen zur Apotheke. Ich besorgte ihm Tabletten, Tropfen usw. Wollte dass er bei mir bleibt aber er führ Heim. Der Abschied war sehr schwer.

Ein Patient namens Marco hat sich in mich verliebt, ich fand ihn auch von Anfang an sehr sympathisch. Da war nun wieder die Gefahr. Eines Tages kam er zu mir ins Schwesternwohnheim, brachte mir Rosen. Zu erst unterhielten wir uns nur, über alles Mögliche. Aus seinem Protokoll aus der Arbeit, wusste ich dass er verheiratet ist. Er verheimlichte es mir gegenüber. Dann kam er mir immer näher, streichelte mich, küsste mich.... Das Telefon klingelte andauernd und ich wusste dass es Karsten war. Marco fragte mich ob ich nicht rann gehen möchte. Ich sagte zu ihm dass es wahrscheinlich meine Eltern wären. Was war nur wieder mit mir los? Warum lies ich so was zu? Als er mir an die Wäsche ging, warf ich ihn raus. Ich weinte, mir war so übel, lief ständig mit einer Flasche Wasser auf und ab. Karsten versuchte mich noch immer zu erreichen, diesmal ging ich ans Telefon und beichtete ihm alles. Er wollte noch zu mir fahren um zu diskutieren, doch es war schon 3.00 Uhr und musste wegen Frühdienst um 5.00 Uhr wieder aufstehen. Oh mein Gott, ich hatte nichts im Griff. Meine Essstörung nicht, meine Beziehung nicht, meine Gefühle nicht, einfach gar nicht Es war schon etwas komisch, denn auf der Station waren Marco und ich uns so fremd. Ich musste ihn da mit seinem Nachname und mit SIE anreden.

Am Wochenende ließ ich mich von Karsten abholen, schon wegen der Sache mit Marco. Er hat mir verziehen, wir verbrachten das Wochenende ausschließlich mit Sex, (das war meine Entschuldigung an ihn) den ich auch wollte, aber es war schrecklich. Jedes mal blutete ich so stark, das ich kaum noch aus dem Bett kam. Er verbrachte die restliche Zeit wie immer vor dem Computer und ich im Bett, mit hohem BZ, konnte auch mein Körper nicht mehr richtig wahrnehmen, ich fühlte mich wie ein Luftballon, bis zu den Knien spürte ich gar nichts mehr und es kam mir immer so vor, als würde mir jemand die Beine auseinander ziehen wollen. Hatte wieder Selbstmordgedanken aber die Ausbildung war mir im Augenblick wichtiger. Dachte, vielleicht bringe ich mich dann um, hab ja wieder 30 Stück Tranxilium, und Karsten wird ganz schnell eine Andere finden, wird sowieso keiner um mich weinen. Welch Gedanken!

Er fuhr mich Montagabend wieder zurück da ich bis dahin frei hatte. Wir waren mit einer Mitschülerin Pizza essen, danach habe ich alles erbrochen. Ich weiß nicht wieso und was mich dazu bewegte, aber ich wollte Karsten weiter mit diesem Marco eifersüchtig machen. Bei uns im Schwesternwohnheim im Flur war noch ein kleiner Nebenraum wo ein Telefon drinnen stand von dem man kostenlos im ganzen Haus telefonieren konnte. Ich sagte Karsten ich würde mal kurz in die Küche gehen, wobei ich aber an das Telefon ging und meine eigene Telefonnummer wählte und gleich auflegte um Karsten im Glauben zu lassen das es Marco sei. Dies praktizierte ich ein paar Mal und ging zurück ins Zimmer. Ich merkte es ihm an das er genervt war und auch im Glauben das es Marco gewesen sei. Ich machte weiter, beruhigte ihn und sagte im x-mal wie sehr ich ihn liebe und dass ich ihn nie verlassen werde. (Klar, ich nicht, aber mit dem ganzen Scheiß, er mich irgendwann und dies wäre sogar berechtigt gewesen). Ich klang vielleicht nicht sehr überzeugend. Marco tauchte nach seiner Entlassung wieder auf der Station auf weil er so starke Schmerzen hatte und wurde auf der gleichen Station aufgenommen. Das Wochenende drauf hätte ich eigentlich frei gehabt, aber da Maren keine Lust auf Arbeit hatte, übernahm ich den Dienst für sie, schon wegen Marco. Und trotzdem vermisste ich Karsten ganz arg aber wenn ich in Marcos Nähe war vergaß ich alles um mich, Karsten usw. Er gab mir in den Augenblicken, das was Karsten mir gerade nicht geben konnte. Nein, keinen Sex, aber Zuhören, Dasein… Ich liebe Karsten und kann seine Eifersucht auch verstehen, wäre ich auch und bin es auch, obwohl ich weiß dass ich Karsten 100% vertrauen kann. Möchte ihn nicht verlieren. Zurzeit bin ich meinen Gefühlen wieder unsicher.

Drittes Wochenende, Karsten ist da 23.00 Uhr, wir reden kein Wort miteinander. Habe gebügelt und sitze mit dem Rücken zu ihm. Ich weiß gar nicht was er hat, muss ständig an Marco denken, wie es ihm wohl geht. Irgendwie bin ich auch wieder froh, wenn Karsten Heim fährt. Nicht weil Marco dann wieder kommen kann, nein, ich weiß auch nicht was mal wieder mit mir los ist aber ich finde Gefallen Marco Hoffnungen zu machen und ihm dann eine Abfuhr zu erteilen. Möchte aber Karsten nicht damit wehtun, er hat es nicht verdient er ist so lieb zu mir, hat mir eine süße Tasse geschenkt, Blumen und war, während ich Dienst hatte einkaufen. Wir reden noch immer nichts.
.

- Frühdienst- Bin gleich zu Marco ins Zimmer, er ist aus dem OP gerade gefahren worden und ich ,gerade ich war für ihn zuständig aber die Mitarbeitern wussten ja nicht dass er mal bei mir auf dem Schwesterzimmer war, sonst hätte er und auch ich Probleme bekommen, bzw. mehr ich. - RR messen, Fieber usw. Er lag alleine im Zimmer und war noch etwas verwirrt von der Narkose. Er laberte nur Scheiße, z.B. dass er gehofft hat dass ich komm usw. Als ich seine Hand fest hielt ging plötzlich die Tür auf und Karsten stand da, er wollte die Zimmerschlüssel haben da er seine Jacke vergessen hatte. Ich sah seine Wut ihm ins Gesicht geschrieben, er wollte ins Zimmer zu Marco und ihn verprügeln oder ihn zu Rede stellen, aber ich bat ihn es zu lassen. Habe fast jeden Tag mit Karsten wegen Marco Streit. Auch mit Vati habe ich Streit weil von meinem Gehalt nichts mehr übrig ist. Alles aufs Essen ausgegeben und anschließend erbrochen. Nun habe ich weder Geld noch Essen. Stephan aus Ansbach der mich angerufen hat wollte mir schon ein Päckchen mit Essen schicken, habe aber dankend abgelehnt Ich habe aus Verzweiflung schon im Mülleimer in der Küche nach Essen gesucht und wurde auch fündig. Hab eine Glas mit Streichwurst gefunden das noch in Ordnung war. Klaute aus Marens Kühlschrank eine Tafel Schokolade. Der Kühlschrank sieh folgender maßen aus. Er ist in mehreren Fächern durch Gitter eingeteilt, dadurch kann man auch sehen was der Nachbar in seinem Fach hat. Dadurch dass die Schokolade flach ist konnte ich sie durch einen Spalt rausnehmen. Es fiel ihr gar nicht auf aber mein Gewissen plagte, jetzt klaue ich schon Essen! An den Abend verabredeneten sich alle Mädels bzw. Mitschüler, im Aufenthaltsraum zum Pitza essen. Sie wollten auch mich dabei haben. Ich hatte gar kein Geld mir etwas zu bestellen. Nicht mal für ein Blatt Salat hätte es gereicht. Traurig und weinend lag ich in meinem Bett. Fühlte mich so elend, konnte meinen Körper wieder nicht wahrnehmen, nahm ein scharfes Messer und ritze mich so arg am Bauch, dass ich selbst heute noch diese Narbe habe.
Mir ging es nicht gut, ließ mir aber nichts anmerken, denn die Arbeit war mir noch immer sehr wichtig und ich wollte die Ausbildung schaffen. Trotzdem ging alles drunter und drüber und es war mir nicht mal bewusst, was geschah. Marco wollte ich schon meine Gefühle an ihn gestehen oder ihm

einen Brief schreiben, aber Gott sei Dank schaltete sich mein Gehirn ein und ich dachte wieder an Karsten. War fertig mit der Welt weil Vati mich am Telefon anschrie, ich soll nicht so viel telefonieren und gleich mein ganzes Geld zum Fenster rausschmeißen. Ich würde erst wieder Geld von ihm bekommen wenn ich zu ihnen Heim komme. Was wusste er schon? Nichts. Hatte starke Suizidgedanken, war wieder am Heulen und nahm drei Tranxilium. Ein weiterer Patient gab mir seine private Telefonnummer aber ich warf sie gleich weg. Oh Gott in der Schule, als ich im Klassenzimmer saß, atmete ich wieder ganz heftig und mir war klar dass mein Blutzucker sehr hoch war. In der Schule war ich jede Stunde sehr gut vorbereitet, auch diesmal, aber durch den hohen BZ wusste ich gar nichts mehr, mein Kopf war lehr, konnte mich gar nicht richtig konzentrieren. Wir hatten gerade Anatomie, und ich dachte nur, der doofe Lehrer müsste erst recht merken das es mir scheiße geht. Ich sagte nichts, mir ging es ja schließlich immer gut wenn jemand mich fragte. Den Anderen fiel auf dass etwas nicht in Ordnung war. In keiner Stunde fragte mich unser Lehrer ab, nur diesmal. Mir war es so unangenehm, als ich keine Antwort auf seine Fragen wusste, und noch immer merkte der Arsch nichts. Mir war alles egal...dann schrie eine der Mitschülerinnen, die drogensüchtig war, nach Aussagen von Karsten, dass ich Bulimie habe, als ich aufs Klo musste. Die hatte wirklich einen Schlag, klopfte ab und zu nachts an meiner Tür, weil sie mal wieder irgendwelche Stimmen gehört hatte.....Sie musste dann auf Therapie wegen ihrer Sucht und sie schien mir auch Magersüchtig zu sein, also kam sie in die Psychosomatik nach Bad Neustadt/Saale. Wahrscheinlich war sie so dürr durch die Drogen. Mit so was, oder an so etwas würde ich mich nie ran trauen, davor habe ich viel zu viel Angst. Klar war schon mal der Gedanke da, weil ich öfter zu hören bekam, dass man dann ganz viel essen kann und nicht zunimmt.

19.12.99 Es ist gerade 20.15 Uhr, sitze im Klinikum und denke an meinen Schatz. Ich habe eine Gedächtnislücke, von drei Wochen. Hatte drei Selbstmordversuche hinter mir in diesem Monat. Ich war sogar in Ansbach im Krankenhaus auf der Intensivstation, denn ich wusste, sobald ich wieder in das Krankenhaus in Nürnberg gehe, wo ich schon bekannt war und damals mit meinem ersten Selbstmord, hätten mich die Ärzte anschließend in die Psychiatrie verlegt. In Ansbach haben die mir auch schon vorgeschlagen in eine Geschlossene zu gehen, aber als ich das schon hörte verlangte ich mich auf eigene Verantwort raus. Es ging aber auch nur deshalb weil Karsten mich abholte und denen versicherte, dass er auf mich aufpassen wird. Alles fing damit an, dass ich mehr oder weniger von meiner Chefin dazu gebracht wurde zu kündigen, was ich auch tat. Ich räumte heulend mein Zimmer und zog zu Karsten. Maren kündigte auch wegen ihrem Freund und

Ramona auch weil sie nach Neustadt zur Therapie musste. Meine Eltern wussten noch gar nichts davon, sie waren im Urlaub. Da ich so fertig mit der Welt war, in meinem Leben keinen Sinn mehr sah und ständig Selbstmordgedanken hatte, bekam ich von meiner Hausärztin Psychopharmaka, aber ich merkte keine Besserung. Bei meinem ersten Selbstmordversuch in diesem Monat, war ich alleine bei meinen Eltern in der Wohnung. Ich war so verzweifelt. Wusste dass irgendwo Schlaftabletten (Diazepan) sein mussten und suchte wie eine Gestörte. Ich weiß nicht mehr was in mir vorging. Ich dachte an gar nichts mehr, wollte nur noch meine Ruhe, schlafen und an nichts mehr denken. Schließlich fand ich die Schachtel, wollte nur drei Stück nehmen, hatte aber auf einmal dreißig in der Hand und schluckte alle auf einmal. Erst danach wurde mir klar was ich getan hatte. Rief Nadine an, die mich versuchte wach zu halten. Sie mailte Karsten, der sich auch sofort auf den Weg zu mir machte. Ich merkte wie ich immer müder wurde, versuchte mich wach zu halten, aber mir fielen fast die Augen zu. Nadine kam als erste und dann Karsten. Ich schaffte es gerade noch die Tür auf zu machen. Sie brachten mich ins Krankenhaus. Beim zweiten Versuch nahm ich zwanzig Stück. Es war wieder bei meinen Eltern und auch diesmal kam Nadine und Karsten. Karsten versuchte auf dem Klo mir den Finger in den Hals zu stecken, damit ich alles erbreche. Ich weigerte mich, drohte ihm falls er den Giftnotruf anruft, Schluss zu machen und weinte ständig. Er rief tatsächlich den Giftnotruf an, erwähnte aber nicht die genaue Anzahl der Schlaftabletten. Sie sagten zu ihm, dass er mich ausschlafen lassen soll. Meine Kräfte ließen immer mehr nach und kurz darauf schlief ich im Bett ein. In der Früh wachte ich auf dem Sofa im Wohnzimmer auf. Karsten war in der Arbeit. Das Bett im Schlafzimmer war frisch bezogen, anscheinend hatte ich ins Bett gemacht, oh Gott, wie peinlich. Die darauf folgenden Tage fühlte ich mich noch immer wie betrunken.

Von den Erzählungen später muss ich in meinem Rausch noch so einiges angestellt haben. Ich soll an einem Abend, als wir alle bei Nadine waren und ich mal wieder Streit mit Karsten hatte, halb nackt aus der Wohnung in den Schnee gerannt sein und alle hätten mich gesucht, bis Nadines Freund mich dann fand. Beim vierten Versuch, kam ich auch ins Klinikum nach Nürnberg, da kann ich mich gar nicht mehr erinnern, ich hatte schon zu viel Valium im Blut. Ich durfte das Klinikum nicht verlassen, wegen Suizidgefahr. Hatte Durchfall, alle dachten ich würde Dulcolax nehmen aber es war nicht so. Sie schickten mir jemand von der Psychiatrie um mit mir zu reden und Protokoll zu schreiben. Karsten besuchte mich wann immer er konnte aber er war seit diesen Selbstmordversuche so komisch. Wir hatten deswegen riesigen Streit. Da ich bald nach Bad Neustadt verlegt wurde in die Psychosomatik, musste ich noch einige Sachen von Karsten zum Anziehen holen und da er ja dabei war durfte ich für vier Stunden Heim. Wir diskutierten drei Stunden, über dass was gewesen ist. Er wollte die Beziehung schon beenden. Dann schlug er mir vor das wir uns erstmal zwei Wochen lang nicht sehen damit er einen klaren Kopf bekommt. Mir war klar dass er diese Zeit einhalten kann, aber ich nicht. Ich vermisste ihn so sehr, hatte solche Angst ihn zu verlieren. Die letzten Tage im Klinikum waren doch noch schön mit Karsten. Dann kam der Tag an dem mit einem Taxi verlegt werden sollte. Nadine kam noch in der Früh, und obwohl ich das Klinikum nicht mehr verlassen durfte, ging ich schnell nach draußen um mir ein Handy zu kaufen. Freute mich auch schon auf die Therapie, denn auf dem Prospekt, sah es da sehr gemütlich und schön aus, wie auf einer Kur. Auf der Hinfahrt mailte ich noch ein paar Mal Karsten mit meinem neuen Handy. Es wurde die Hölle in Bad Neustadt!!!!!!!

PSYCHOSOMATIK Bad Neustadt /Saale 20.12.1999

Ich freute mich schon wahnsinnig. War zu erst an der Anmeldung die mich aufforderte zu warten. Es war komisch das manche Patienten von Schwestern die in weiß gekleidet und andere, die in blau gekleidet waren abgeholt wurden, auf die jeweilige Station. Mich holte so eine in Blau ab, und schien mir gleich unsympathisch. Davor fragte ich einen Patient wie es denn hier so sei. Er meinte wie in einem KZ-Lager. Konnte ich mir gar nicht so richtig vorstellen, was er überhaupt damit meinte. Die Schwester im blauen Anzug kam auf mich zu und nahm mich mit. Die Station war klein. Als hinter uns die Tür zu ging sah ich erst dass da ein Schloss dran war. Ich versuchte sie zu öffnen, aber es ging nicht, während die Schwester zu mir sich umdrehte und mich blöd angrinste. Ich bekam es mit der Angst. Die erste Patientin kam mir entgegen, grüßte mich und lief Richtung Tür. Sie rief zur Schwester dass sie raus möchte und die Tür wurde durch einen Knopfdruck im Schwesternzimmer geöffnet. Die Zimmer sahen gar nicht wie in diesem Prospekt, das ich hatte aus. Sie glichen mehr einem Krankenhauszimmer. Es war kalt, der Boden vor allem. Ich war auf einer Überwachungsstation. Heulend lief ich zur Schwester und sagte ihr dass ich hier raus möchte, dass ich Angst vor zu langer Kontaktsperre hätte, denn ich habe erfahren das manche bis zu vier Monate Kontaktsperre hatten, das hieß, keine Telefonate, keine Briefe, und nicht nach draußen ins Freie. Die Schwester war gestresst, sagte mir ich kann die Therapie nicht abbrechen da ich selbstmordgefährdet sei. Sie kam mit mir auf mein Zimmer und durchsuchte mich und meine Taschen. All meine persönlichen Sachen kamen weg. Mein Handy, Zigaretten, Novalgintropfen, Paspertin, Entwässerungstabletten, Salben, Duftöl, Wärmflasche, Rasierklinke usw. Einfach alles, sogar mein Blutzuckermessgerät und meine Pens. Nur die Sachen fürs Bad und meine Anziehsachen sind mir geblieben. Das Zimmer war im Erdgeschoß, hatte einen Balkon der war aber zu. Die Fenster konnte man auch nicht aufmachen, nur einen kleinen Spalt ganz oben. Ich fragte mich ernsthaft warum die Fenster zugeschlossen waren, bei der Höhe hätte man sich nicht mal ein Bein brechen können. An dem Tag durfte ich noch die Station verlassen, und sogar noch jemand von draußen anrufen. Ich rannte gleich raus und rief erst mal Karsten in der Arbeit an und heulte. Flehte ihn an mich hier raus zu holen, das ich es hier nicht aushalten werde, versprach ihm wieder normal zu essen und zu spritzen wenn er mich nur so schnell wie möglich da raus holt. Ich war total verzweifelt. Er meinte nur dass es da wahrscheinlich besser sei, als in der Geschlossenen, dass er auf mich sehr stolz wäre wenn ich es schaffen würde da auszuhalten usw. Ich dachte gleich das er mich nicht mehr liebt, dass er wahrscheinlich nach allem was war sogar glücklich ist, dass ich jetzt von ihm weg bin. Rief dann noch meine Mutti an und heulte sie auch zu. Ich bat sie mit meiner Hausärztin zu reden, damit ich so schnell wie möglich nach Nürnberg in die Psychosomatik verlegt werden kann. Sie versprach es mir mit ihr zu reden, aber es brachte später doch nichts. An dem Tag war ich meistens aus der Station draußen im Haus und fand auch Anschluss. Wir rauchten heimlich in einer Ecke und es wunderte mich auch dass ich mit den Anderen von den anderen Stationen im Speisesaal essen durfte, denn die anderen Essgestörten von meiner Station blieben auf meiner Station und aßen unter Aufsicht. Blutzucker messen und spritzen musste ich vor eine Schwester. Die achtete wirklich ganz genau drauf das ich ja nicht zu viel spritze. Jede Früh um 5.30 Uhr war wiegen angesagt und zwar rückwärts, so das man sein Gewicht nicht sehen konnte. Die Visite kam, und als erstes wurde mein Klo abgeschlossen, es hieß, damit ich nicht nach dem Essen erbrechen kann und wenn ich mal aufs Klo musste sperrte mir die Schwester es auf und stand bei offener Tür davor, dann wurde wieder zugesperrt. Es hieß dann plötzlich das ich Stationsgebot habe, das hieß ich durfte ab jetzt die Station auch nicht mehr verlassen, musste mit den anderen Essgestörten in einem Raum sitzen und durch ein Glasfenster würden wir während des Essens beobachtet, damit ja auch alles aufgegessen wurde. Sprechen untereinander war wären dessen auch tabu. Ich kam mir vor wie eine Gefangene, was sollte das Ganze? Was hatte ich verbrochen dass ich so behandelt wurde. Hatte man der Schwester eine Frage gestellt, bekam man keine Antwort. Sie brachten dann noch eine weitere Frau, die anscheinend über eine Woche fast, nicht mehr geschlafen hatte. Sie schrie und warf sich auf den Boden, eine weitere lag im Untersuchungsraum, die hatte geschafft, sich ein Messer aus dem Speiseraum mit zu nehmen und hatte sich versucht die Pulsadern auf zu schneiden. (War wegen Traumatherapie da-Missbrauch-). Sie wurde dann mit dem Hubschrauber nach Werneck in die Psychiatrie geflogen. (da kamen in der ganzen Zeit viele hin). Habe dann voll den Aufstand gemacht und die Ärzte angeschrieen. Sie gaben mir dann Valium, dreimal Valium (20mg) um mich ruhig zu stellen, und damit ich nicht Entzugserscheinungen bekomme denn ich hatte noch reichlich davon im Blut. Therapieanwendungen hatte ich noch keine, entweder schaute ich die Wände an, wippte andauernd hin und her, führte Selbstgespräche, weinte leise vor mich hin und schaute nach draußen am Fenster, in der Hoffnung das Karsten oder meine Eltern kommen und mich da raus holen. Einige Patienten auf der Station waren schon Wochen oder Monate da, und durften raus bzw. durften im Haus sich bewegen. Ich gab einer Patientin, die schon raus durfte, 50,- DM damit sie bei Karsten anruft und ihm sagt in welcher Situation ich mich befand, aber ich belüge mich nur und mein Geld sah ich auch nicht mehr. Sie versicherte mir bei Karten in der Arbeit angerufen zu haben und angeblich soll der AB dran gewesen sein, was nie stimmen kann, den Karsten hatte keinen AB in der Arbeit. Mit der Zeit verschaffte ich mir von den Leuten zu denen ich Vertrauen hatte Papier und Stift und schrieb Karsten, meinen Eltern und meiner Hausärztin einen Brief den ich nach draußen schmuggeln ließ.(Die Briefmarken, durften die anderen abschlecken, ich hatte Angst, Angst, dass die Briefmarke kcal. Enthielt.) Da ich den ganzen Tag keine Anwendungen habe, und die mich hier mit Valium voll pumpen, bin ich ständig müde. Meine BE s sind auch erhöht worden, von 12BE auf 18BEs.Habe das Gefühl die wollen mich mästen, bzw. das Erbrechen bei mir provozieren. Am schwersten fällt es mir die Zwischenmahlzeiten und das Abendessen zu essen, mir ist dann immer so schlecht das ich kotzen könnte und wenn das Klo aufgesperrt wäre würde ich es auch tut. Frag mich nur wer wohl abends vier Scheiben Brot schafft, aber bis jetzt habe ich immer das Essen behalten. Es muss daran liegen, dass sie mir die Essensmenge erhöht haben, weil ich abgenommen habe, wie weiß ich selbst nicht. Als Chefarztvisite war fragte er mich wie es meinem Freund geht und ob ich aufs Klo kotzen geh .So ein Blödsinn, woher sollte ich wissen, wie es Karsten geht oder denkt er ich sei so doof und verrate dass ich ab und zu jemanden, der raus darf, beauftrage Karsten anzurufen? Und wie soll ich am Klo kotzen wenn es geschlossen ist und die Schwester eh immer hinterher ist? Die sind alle sehr komisch da. Es gibt nur zwei Schwestern die ich mag. Die Nachtschwester, denn die gibt mir auch so mal eine Flasche Wasser zu trinken, wenn mein BZ mal wieder hoch ist (die anderen geben nur eine Tasse Kaffe in der Früh, mit zwei Süßstoff, weil der ja abführt, ein Glas Wasser nach dem Mittagessen und eine Tasse Tee am Abend) und dann ist da noch die Schwester Andrea, eine recht junge Schwester, die mir schon erlaubt hat

nach draußen zu gehen und Karsten anzurufen, und eine zu rauchen. Mein Blutzucker ist katastrophal! Ständig über 400mg%,weil ich so unter Druck stehe. Ich halte mich an die Regeln, messe und spritze und esse vor den Schwestern, also müsste er passen. Bei der Visite muss man echt aufpassen was man sagt, sie könnten es falsch verstehen, und schon hat man eine neue Strafe und weiß nicht wieso. Wenn man nachfragt heißt es nur, man soll darüber nachdenken. Ich denk die ganze Zeit nach weil ich ja sonst nichts in diesem Zimmer machen kann. Wahrscheinlich haben mich meine Eltern und Karsten schon längst vergessen....

24.12.99 WEIHNACHTSFEIER Alle hatten Besuch. Gut mir wurde es auch angeboten, aber ich wusste das der Abschied dann um so schwerer fallen wird, nun habe ich es doch bereut. Ich musste mit dieser grässlichen Schwester unter Aufsicht auf die Weihnachtsfeier, durfte nicht mal Zuhause anrufen. Jedes mal wenn ich ein Pärchen sah, musste ich weinen. Annes Eltern waren auch da, mit ihr hab ich mich recht gut angefreundet sie war wegen ihrer Magersucht da. Ich fand es so lieb als ihre Eltern auch zu mir kamen und mich umarmten, ich war so traurig fühlte mich so sehr allein gelassen, war einfach fertig mit der Welt. Anschließend gab es Buffet, und selbst da klebte mir die Schwester am Arsch, ich durfte nicht mal zu Ende essen, musste mein Essen mitnehmen, weil sie zurück auf die Station wollte. Weihnachten ist zu Ende und keiner von draußen hat mich angerufen, bzw. bei den Schwestern um mir frohes Fest zu wünschen oder mich wenigstens zu fragen wie es mir geht. Außerdem habe ich vor einer Woche meine Eltern dazu aufgefordert mir einige Sachen zu schicken die ich brauche und bis jetzt ist noch nichts gekommen, außer ein Päckchen von Karsten, der einiges rein hat was ich brauche, z B. Socken usw. Er hat mir auch einen Brief mit dazu gelegt aber die Schwester nahm ihn mir weg, wegen der Kontaktsperre. Sie wollten mir auch sein Weihnachtsgeschenk mir wegnehmen, ein Herzkissen, da es zu persönliche Sachen eingeordnet werden, aber ich durfte es dann doch behalten.

Mittlerweile hatte ich mich schon daran gewöhnt eingeschlossen auf der Station zu sein. Außerdem war ich nicht die einzige. Nur beim Essen saß ich nun immer alleine in diesem Glashaus unter Beobachtung. Wenn Schwester Andrea mal wieder Dienst hatte wurde es abends im Aufenthaltsraum recht lustig, sie erzählte uns versaute Witze und machte uns Früchtetee.

Ich merkte wie ich langsam zunahm. Das Kleid das ich von Karsten für Silvester bekommen habe und auch Silvester anziehen wollte wird mir langsam zu eng, deshalb, verschenkte ich meine Zwischenmahlzeiten an die Magersüchtigen, die es auch viel nötiger hatten als ich, und ließ Essen ohne BE- Anrechnung übrig. Silvester stand kurz vor der Tür und dies war so schrecklich ohne Karsten, es wäre unser erstes Silvester zusammen gewesen.

SILVESTER: Ich durfte heute die Station verlassen, aber dank zweier Patienten, Roswita und Eberhard die schon recht alt waren, sich aber für mich beim Chefarzt einsetzten, damit ich unter ihrer Aufsicht mit raus durfte. Ich hatten die Aufgabe auf mich aufzupassen, damit ich nicht nach draußen geh und am Klo erbreche. Um 24.00 Uhr stand ich mit Schwester Andrea am Fenster und musste an Karsten denken, aber ich habe gar nicht geweint. Eberhart rief ihn dann am Handy an und sprach mit ihm, während ich auf dem Sofa an der Information auf ihn wartete. Dieser Bereich an der Info war der Anorexie Bereich. Sie hatten da mehr Übersicht über uns. Gerne wären wir auch mal nach oben im Haus. Es war eine Art Kuppel mit Sofagarnituren und Pflanzen und man konnte nach draußen sehen, aber für uns war es noch tabu, denn es waren ziemlich viele Treppen zu steigen und wir durften keine Treppen steigen, weil da könnten wir zu viele Kalorien durch die Bewegung verlieren.

07.01.2000 Darf jetzt ab und zu die Station verlassen, z.B. zum Rauchen, aber essen muss ich noch unter Aufsicht. Immer mehr gingen von der IC-Station, entweder brachen sie die Therapie ab oder wurden auf eine normale Station verlegt oder entlassen. Ich fühlte mich immer mehr alleine, unverstanden, hatte so einen Hass auf die Außenwelt, keiner kann es verstehen wie es einem hier geht, wenn er nicht selbst schon mal in der Lage war. Vielleicht habe ich mich in den drei Wochen verändert. Ich akzeptiere zwar meinen Körper mittlerweile, aber wenn ich mir Karsten vorstelle, mit seinem kräftigen Oberkörper wird es mir übel. Meine Gefühle für ihn sind wieder weg. Ich schminke mich nicht mehr, verliere an allem die Lust und mir ist es scheiß egal was die hier mit mir machen, oder wie viel Valium sie noch in mir rein pumpen. Manchen anderen Menschen hier sei die Therapie evtl. eine große Hilfe, mir aber nicht. Die Schwestern zweifeln an mir, glauben das ich erbreche, wie soll denn das nur funktionieren, wenn die Toilette abgeschlossen ist? Hallo, wiiieeeee??? Sie glauben ich belüge sie. Was sollte mir das schon bringen? Oder denken die ich hätte gerne wieder Stationsgebot und wurde gerne länger in diesem Gefängnis bleiben wollen? Wenn ich hier raus komme brauche ich wahrscheinlich eine neue Therapie, werde wahrscheinlich Angstzustände haben vor den anderen Menschen, eine Traumatherapie. Meine Gefühle muss ich dann von neuem ordnen, denn im Augenblick empfinde ich gar nichts mehr für Karsten, außer Ekel. Ich weiß nicht mal wie es sein wird, wenn ich ihn zum ersten mal wieder sehen werde, vielleicht brauche ich dann erst Abstand, ich weiß es einfach nicht, manchmal kommt es mir so vor, als hätte ich überhaupt keinen Freund, bzw. noch Eltern. Ich hatte gestern mit ihm telefoniert und er sagte mir ich sei am Telefon immer so komisch, und das er mich über alles liebt und ich durchhalten soll. Ich glaube ihm einfach nicht dass er mich liebt. Am Abend hat dann Eberhart noch bei Karsten angerufen, und er meinte das er mich nicht mehr lieben würde, aus und vorbei. Mir ging es hinterher so schlecht, dass mein Blutzucker auf 400mg anstieg. Wie, er liebt mich jetzt doch nicht mehr? Bekommt er nun auch psychische Probleme? Wenn ja, dann wegen mir. Jetzt konnte ich ihn wenigstens verstehen, wie schlecht er sich gefühlt haben muss, wenn ich mit meinen Gefühlen zu ihm, mir unsicher war und wie verletzt er gewesen sein musste. Ich hatte mir gewünscht dass dies alles nur ein Traum ist und ich irgendwann erwache. Durfte mir nichts anmerken lassen sonst hätten sie vielleicht was geahnt, deshalb ist ja eigentlich die Kontaktsperre da. Da Eberhard jetzt wusste das Karsten wahrscheinlich nichts mehr von mir will, machte er ständig Annäherungsversuche, aber der war an die 70 Jahre alt, ich glaube der hatte wirklich einen psychischen Schaden, er sagte zu mir dass er mich gerne mal nackt sehen würde. Seit diesem Zeitpunkt versuchte ich ihm aus dem Weg zu gehen. Ich beauftragte eine andere Patientin bei meinem Schatz anzurufen, und dieser Patientin erzählte er, er hätte es satt, dieses ständige Hip und Hops, mal liebe ich ihn und im nächsten Augenblick wieder nicht mehr…..

Bin mir sicher dass ich ihn liebe, aber ich war noch nie so lange von ihm getrennt, versuche meine Gefühle zu unterdrücken, sonst kann ich mich nicht mehr auf die Therapie konzentrieren, wenn ich andauernd an ihn denken muss. Anschließend habe ich ihm eine karte geschrieben und mich bei ihm entschuldigt.

Erneut habe ich abgenommen, sagte mir Schwester Andrea, obwohl ich so viel esse, kann es kaum glauben. Nach sechs Wochen, bin ich endlich auf eine normale Station verlegt worden, die Zimmer sind sehr schon, normales Bett, Teppichboden, Schreibtisch und die Toilette ist auch offen, jupiii sind offen und jeder hat einen eigenen Türschlüssel. Meine Sachen habe ich auch wieder. Nur mit dem BZ messen und Spritzen ist es etwas stressig, muss immer runter auf die IC-Station, weil oben nur in der Früh die Schwestern da sind um uns zu wiegen. Essen darf ich jetzt auch im Speiseraum, nur die Kontaktsperre besteht noch. Mit dem Essen im Speiseraum finde ich gut, so kann ich immer was vom Essen übrig lassen, damit mein BZ nicht mehr so hoch ist. Habe erfahren dass ich bald ein Vorstellungsgespräch in Rot in der Klinik habe für einen Praktikumsplatz, und dann darf ich zum ersten Mal raus. Hatte aber Bedenken, denn als eine Patientin, auch nach Nürnberg fahren durfte und dann als sie wieder zurückkam, versuchte sie sich mit Tabletten auf der IC umzubringen. Sie wurde erst ins Krankenhaus gebracht und anschließend in die Psychiatrie verlegt. Ich sah sie nie mehr wieder.

Wir haben einen auf der Station der total süß aussieht und total lieb ist. Er heißt Simon, kommt aus Ochsenfurt. Ich glaube ich habe mich ein bisschen in ihn verguckt, aber in der Therapiegruppe hat er nun erfahren, dass ich einen Freund habe, also stehen meine Chancen schon mal null. Aber gut so, für die Beziehung zu Karsten.

14.01.2000 Sabine habe ich heute getroffen, die ebenfalls mit mir in Nürnberg damals in der Psychosomatik, wegen Magersucht war. Sie ist auf der gleichen Station wie ich aber die Arme hatte auch ihre persönlichen Sachen weg bekommen, musste aber nicht Sondenahrung zu sich nehmen und absitzen (Absitzen = 1 Stunde Sondenahrung trinken und über seinen Körper nachdenken, nichts dabei reden) aber ich gib ihr immer was von mir. Nach dem Frühstück haben die mich noch mal gewogen, vielleicht dachten sie ich habe hinterher erbrochen, da jetzt meine Toilette offen steht. War anscheinend OK. Mir wurde ja nichts gesagt, wie viel ich mittlerweile wiege. Von 9.00 Uhr -11.30 Uhr hatte ich eine CT (Computertomographie) weil der Verdacht bestand einen Gehirntumor zu haben. Die Ergebnisse hatte ich nicht erfahren, aber wenn was Schlimmeres gewesen wäre, hätten die mir schon rechtzeitig Bescheid gegeben. Dann habe ich erfahren, dass eine weitere Patientin, die ebenfalls auf der IC-Station war, ihr Zimmer gegenüber von meinem, und wegen einer Vergewaltigung therapiert wurde, auch versucht hat sich auf der Station das Leben zu nehmen. Sie hatte mir schon immer erwähnt dass sie es tun wird. Sie wusste auch von meiner Vergewaltigung und drängte mich immer dazu es in der Gruppe anzusprechen, doch ich konnte und wollte nicht darüber reden, hatte Angst die würden mich noch länger da behalten. Ich wollte so schnell wie möglich da raus, obwohl es jetzt gar nicht mehr so schlimm war da ich ja meine persönlichen Sachen wieder hatte und meine Toilette offen war. Aber auf der IC-Station dachte ich oft an eine Flucht nach, wenn z.B. jemand von draußen die Tür vom Gang geöffnet hätte wäre ich am liebsten raus gerannt, in ein Taxi gestiegen und davon, oder da es Winter war dachte ich oft an einen ganz heftigen Schneesturm wo all die Heizkörper ausfallen und die uns alle Heim schicken müssen. Mittlerweile war ich schon ein alter Hase im Haus, es kamen ja immer Neue, heulend blieben manche, und andere brachen die Therapie nach ein paar Stunden ab. Jetzt bin ich diejenige die für andere auf der IC bei den Angehörigen anruft.

24.01.2000 Karsten ist in Bad Neustadt auf Geschäftsreise. Ich rannte gleich zu meiner Therapeutin und fragte sie ob die Kontaktsperre wegfallen könnte, da es mir schlecht geht weil ich Karsten so sehr vermisse, aber es gab keine Chance. dafür habe ich bald ein Paargespräch.
Mein Valium wurde auch reduziert. Früh nur noch die Hälfte, Mittag keine und am Abend aber das Doppelte. Manchmal schien es mir als würde dieser Alptraum niemals mehr zu Ende gehen, vermisse mein Schatz so sehr. Hatte

mein Paargespräch und somit fiel die Kontaktsperre zu Karsten weg. Wir fuhren nach Nürnberg, weil ich am nächsten Tag mein Vorstellungsgespräch in Rot hatte. Am Tag danach bin ich mit Mutti einkaufen gewesen. Die Stelle in Rot hatte ich sicher, damit wusste ich auch dass die mich in Neustadt nicht mehr lange da behalten können. Karsten musste in der Früh nach Neustadt fahren, dann wieder nach Nürnberg mich abholen und zurück in die Psychosomatik fahren. Wir verbrachten noch einen schönen Abend, aber er hat mir weh getan und ich traute mich mal wieder nichts zu ihm zu sagen, heulte nur, hatte Schmerzen, Bilder von damals schossen mir wieder durch den Kopf aber wie sollte ich es ihm sagen, ich wollte es ja schließlich auch. Ich ekelte mich wieder vor ihm und war meinen Gefühlen wieder unsicher, dachte an Simon, der heut entlassen wurde, dem ich einen ganz normalen Abschiedsbrief geschrieben hatte, habe mal wieder gar nicht an Karsten gedacht. Errechnete mir keine Chancen bei ihm da Sabine ihm auch einen Brief geschrieben hat und ich wusste dass er sich für sie entscheiden würde, da sie fiel schlanker und hübscher war als ich. Versuchte den Gedanken zu verdrängen. Bei der Hinfahrt schlief ich die ganze Zeit, da ich meine zwei Tabletten Valium nehmen musste. Als wir zurück waren, brachte mich Karsten noch nach oben. Sabine sagte mir dass Simon bis vor kurzem auf mich gewartet hätte. Ich war schon ein bisschen verärgert, dass ich nicht früher gekommen bin, wollte mich nur von ihm verabschieden.

6.02.2000 Bin wieder auf der IC-Station, weil mein Blutzucker so hoch ist. Es ist schrecklich wieder hier unten zu sein, es wäre so als wurde ich wieder am Anfang stehen, da wo ich begonnen hatte, als ich gekommen bin. Mittag musste ich sogar unter Aufsicht mit den Magersüchtigen essen, wie am Anfang der Therapie. Am Abend durfte ich dann wieder in den Speiseraum, da nichts im Protokoll davon stand dass ich beaufsichtigt werden muss. Meine Therapie mach ich aber weiter auf meiner alten Station. Als Visite war bekam ich die Genehmigung mit Karsten eine Stunde nach draußen, außer Haus zu gehen. Nachdem ich mit Karsten an dem Tag zum ersten Mal draußen war und er gehen musste, habe ich sehr geweint, wollte nach Hause, und habe mir überlegt abzubrechen. Ich habe hier in der ganzen Zeit 10Kg zugenommen.

10.02.2000 War bei Karsten im Hotel, hatte auch wieder diese Bilder vor Augen, habe geweint und Karsten auch. Er sagte mir er würde sich wie das letzte Arschloch vorkommen. Wir lagen noch eine ganze weile uns in den Armen, und sprachen kein Wort. Der Arzt kam am Abend noch zu mir und meinte ich müsste länger hier bleiben, wegen meinem schlechten Blutzucker, er ging auch davon aus das ich heimlich esse und erbreche. Mir langte es, meinen Blutzucker kann ich auch woanders einstellen lassen, und dieses Misstrauen habe ich auch satt. Ging in die Telefonzelle und rief Karsten an und bat ihn, meine Eltern zu holen, und mich ab zu holen, weil ich abbrach. Ich hatte Angst vor diesem Schritt, dass sie es vielleicht nicht zulassen werden, mich auf die IC-Station ganz einsperren, oder meine Eltern und den Karsten gar nicht rein lassen werden, aber ich schaffte es. Ich unterschrieb, packte schon davor meine Sachen, ging nicht mal mehr zum Abendessen und als sie mich abholten war ich überglücklich und fühlte mich als freier Mensch.

13.02.2000 Bin jetzt draußen aus diesem Gefängnis, aber es geht schon wieder los mit dem Spritzauslass, habe nur einmal gespritzt und nur Zwieback gegessen. In der Früh hatte ich sogar Angst raus zu gehen, kann es noch gar nicht glauben dass ich draußen bin.
Meine Gefühle für Karsten sind auch wieder weg, ich ekle mich wieder vor ihm und vor mir selbst, mein BZ wird wieder ständig hoch sei, ich frag mich wie lange Karsten das Ganze mit mir noch mitmachen wird. Ich warte schon jeden Tag dass er Schluss macht. Er sitzt nur noch den ganzen Tag vor seinem blöden Computer und ignoriert mich, ich komme mir nur noch wie eine Putzhilfe vor. Nachts reichen mir drei Stunden Schlaf danach bin ich wieder hell wach. In den drei Stunden kommt es so oft vor dass ich ins Bett uriniere (Inkontinenz). Mir war es immer so peinlich, denn es kam so oft vor. Vor allen wenn mein BZ sehr hoch war, ich sehr starken Durst hatte und abends wahnsinnig viel trank. Dann ging ich ins Bett und hatte so einen tiefen Schlaf, dass ich es nicht mitbekam wenn ich auf die Toilette musste. Ich hatte immer ein weiteres großes Kopfkissen, welches ich dann nachts auf die nasse Stelle legte um das Nasse unter mir nicht mehr zu spüren. Am nächsten Tag musste ich das Kissen waschen und die Matratze auch, Karsten hatte ja kein Bett, nur die zwei Matratzen auf dem Boden.

25.02.2000 Vor ein paar Tagen hat Karsten mit mir Schluss gemacht, ich war total fertig, rief heulend Mutti an und anschließend noch mal ihn, versprach ihn mich zu ändern, normal zu essen und zu spritzen. (Glaubte ja selbst nicht mehr daran mich zu ändern). Wir setzten uns anschließend noch mal zusammen und sprachen über alles. Mittlerweile wiege ich 58Kg vor zwei Wochen 64,5Kg. Er ist in letzter Zeit so genervt, distanziert sich immer mehr von mir, sitzt nur noch vor dem PC. Ich komme mir so ungeliebt vor, auch unter Druck gesetzt. Immer wenn er nicht da ist habe ich einen Fressanfall und erbreche auch bis zu drei Mal am Tag. Mein BZ kontrolliert er auch immer öfter, aber ich verwende meinen Trick. Insulin mit Blutstropfen mischen, Ergebnis gefälscht. Manchmal kann ich es kaum erwarten bis er in der Früh außer Haus ist. Wenn ich dann sein Auto wegfahren höre renne ich schon an den Kühlschrank und verputze so ziemlich alles, anschließend erbreche ich. Natürlich muss ich dann später in die Stadt fahren um das Zeug zu ersetzen sonst würde es auffallen. Einmal hat er mich aber beim Fressanfall erwischt. Er hatte was Zuhause vergessen und ist nochmals zurückgekommen. Mir war es so peinlich, er sagte aber nichts zu mir. Es war eh vorbei, also konnte es ihm egal sein.

12.03.2000 Karsten hatte Geburtstag und machte eine Party, wo ich nicht dabei war, denn Erstens ging es mir nicht sehr gut da mein BZ hoch war und ich starke Bauchschmerzen hatte, zweitens wusste ich das ich vor den anderen essen muss und schob Panik, drittens hatte ich keine Lust Fraya zu sehen. Ich ging zu Nadine, Mir ging es wirklich nicht gut, hatte Angst vor dem nächsten Tag, überhaupt Heim zu gehen und womöglich Karsten mit Fraya im Bett zu erwischen. Er erwähnte erst mal nichts als ich Heim gekommen war. Um ihm eins auszuwischen, telefonierte ich gleich mal ca. eine Stunde mit Roland, den hatte ich bei Nadine mal kennen gelernt und er ist sehr nett, bringt mich immer zum Lachen....Karsten hörte in der folgenden Tagen nur noch Roland, und das macht ihn rasend. Er meinte zu mir dass es besser wäre wenn ich ausziehen würde, worauf ich ihn bat auf den Punkt zu kommen und mir endlich zu sagen dass er Schluss machen will. Das wollte er nicht, er hatte nur Angst angeblich mich zu verlieren, wegen Roland. Komisch vor drei Wochen erst hatte er Schluss gemacht und da war es nicht wegen Roland.

27.03.2000 Es war Krank, die Vorstellung dass ich abnehme und ganz dünn werde, oder dass ich am nächsten Tag aufwache und 40Kg wiege. Wenn ich abends im Bett liege und weine, nehme ich mein Bärchen von Karsten, drücke ihn an mich und weine, hoffe dann das Karsten nichts mitbekommt. Manchmal wünsche ich mir dann doch dass er es sieht, damit er mich ein bisschen tröstet. Gestern Nachmittag war mein BZ wieder bei HI. Wir aßen Pfannkuchen. Ich beherrschte mich nicht zu viel zu essen, aber ich hätte auch 30Stück geschafft. Warum gibt es kein Medikament dafür? Am Abend bekam ich wieder Angst. Ich sah mich wieder im Park, in Ansbach, mit diesem Mann im Klo eingeschlossen. Karsten hielt mich fest, und ich versuchte mir vorzustellen das er immer bei mir ist...diese Anfälle, Filme, wie man es auch nennen mag bekomme ich immer, wenn ich vor etwas Angst habe. Seit Tagen geht es mir nun schlecht, versuche mich abzulenken, aber es gelingt mir nicht wirklich. Bin ständig am Fressen und Kotzen. Brauch eine Arbeit, eine Beschäftigung. War bei Oma, stand erst zwei Stunden vor der Tür weil sie nicht da war. Mir war kalt, ich hatte Hunger und ich konnte sie mit meinem Handy nicht anrufen weil es gesperrt war. Als sie endlich kam aß ich was bei ihr und dass nicht zu wenig. Mir war schlecht, wollte schon kotzen gehen, sie lenkte mich ab, versprach ihr nicht zu erbrechen, und auch mit dem Rauchen aufzuhören. Ich ging dann von ihr, weil ich das Essen los haben wollte. Kaum war ich draußen, kaufte ich mir wieder eine Schachtel Zigaretten. Zuhause erbrach ich, das Essen. Karsten war nicht da, er lies mir einen Zettel das in der Küche noch was zu Essen sei, und dass er bei einem Freund übernachten wird. Ich aß dann das ganze Essen aus der Küche und übergab mich anschließend noch mal. Hatte Bauchschmerzen, mein Azeton und mein BZ waren hoch, hatte Augenringe aber zum Glück zwei Kg abgenommen, denn eine ganze Zeit lang bewegte sich der blöde Zeiger auf der Waage gar nicht.

27.05.2000 Fraya hat angerufen, nichts ungewöhnliches, schließlich sind sie die besten Freunde, und dass sie ihn Horny nennt, daran habe ich mich mittlerweile auch schon gewöhnt, aber diesmal bekam ich mit dass sie zu ihm sagte sie würde am Klo sitzen und an ihn denken. Am Tag davor fand ich einen Brief an ihn von ihr. Weiß nicht wie alt der war aber es haute mich fast um als ich ihn las. LIEBER KARSTEN, ICH VERMISSE DICH UND LIEBE DICH! BESUCH DICH MONTAG ODER SAMSTAG. DEINE FRAYA   Ich halte es kaum noch aus, er hat kaum Zeit für mich. Traue mich nicht ihn auf den Brief anzusprechen, dann denkt er ich schnüffle in seinen Sachen rum. Er hat kaum noch Zeit für mich, ist immer bei Freunden, oder vor seinem PC. Ich verlange doch nicht dass er nur mit mir zusammen sein soll, aber ein bisschen Geborgenheit und Zuneigung. Sogar beim Sex ist er kein bisschen romantisch. Eine schnelle Nummer und das war s, dann folgt noch der Satz: „Das war schon, das habe ich gebraucht!" Abends nach dem essen, zählt nur noch der Computer, wir reden noch kaum miteinander, ich bin schon froh wenn wir miteinander essen und da ein paar Worte austauschen.

2.08.2000 Karsten war am Wochenende mit seinem Freund in Hockenheim, als er Heim kam sprach er nichts, kein Bussi, gar nichts. Ich hatte den ganzen Tag geschlafen, hatte Bauchschmerzen, keine Schmerztabletten mehr. Er fuhr mich nachts um 2.30 Uhr ins Krankenhaus. Mein Leben scheint eine reine Katastrophe zu sein. Habe wieder Selbstmordgedanken, Karsten ist immer mehr abweisend zu mir. Als ich einmal auf dem Sofa lag und Fern schaute, kam Karsten zu mir und wollte Sex. Ich schaltete meine Gefühle ab, stellte mich wie tot, so fühlte ich mich auch in diesem Augenblick, er merkte es, war sauer. Ich stand heulend auf und rannte nach draußen, wollte mich aufhalten, aber ich musste raus. Langsam kam ich mir vor, als wäre unsere Beziehung nur noch eine Bettbeziehung. Am Abend hat er sich bei mir dann entschuldigt. Wir diskutierten noch lange, auch dass ich noch mal eine Therapie machen möchte. Daher beschloss Karsten dass wir gemeinsam in den Urlaub nach Teneriffa fliegen, bevor ich wieder mich dem Grauen einer Therapie aussetze. Mein Cousin aus Italien ist auch gekommen, er wohnt bei meinen Eltern. Ich liebe ihn, er ist meine zweite Bezugsperson nach meinem Opa. Wir erzählen uns alles. Mein Bruder kann mit ihm nicht viel anfangen weil er ziemlich kindisch für sein Alter war. Wahrscheinlich hängt es auch mit an seiner Kindheit zusammen. Wir verbrachten fast jeden Tag miteinander. Ich zeigte ihm die Stadt und er lernte auch Karsten kennen. Ich erzählte ihm von meinen Selbstmordversuchen, von der Vergewaltigung, während ich ihm die Stadt zeigte und er mir von seinem Selbstmordversuch, teils auch wegen seiner rumänischen Freundin. Ich brachte ihn damals mit ihr zusammen und erst als er schon Hals über Kopf in sie verliebt war, merkte ich welches falsches Spiel sie mit ihm spielte. Sie nutzte ihn nur aus, hatte die Absicht nach Italien zu gehen. Er machte ihr Geschenke, schickte ihr Geld und flog wann immer er konnte zu ihr nach Rumänien. Er erfuhr erst später dass sie ein Kind hatte und verheiratet war, was ihn nicht störte, aber sie machte mit anderen Typen rum, während er in Italien war. Es war seine erste Beziehung und deshalb fiel es ihm auch so schwer von ihr los zu lassen. Er sah nicht besonders gut aus, war recht dürr, man könnte sagen beinahe magersüchtig, aber er war der liebste Mensch auf der Welt. Wenn es nicht mein Cousin gewesen wäre, hätte ich ihn gerne als Freund gehabt. Dann war noch das Problem das er impotent war, und seine Freundin damals es rumerzählt hatte. Ich hatte so ein Hass auf sie und auch auf mich weil ich sie damals vorgestellt habe. Versprach meinem Cousin eine andere Freundin für ihn zu finden, und er sollte die blöde Kuh endlich vergessen. Er blieb einige Tage und dann musste er wieder zurück, nach Italien, aber wir haben fast jeden Tag telefoniert oder gemailt.

15.09.2000 Karsten und ich waren eine Woche auf Teneriffa. Wir wollten, bevor ich nach Heidelberg auf Therapie geh, noch mal entspannen. Ich hatte totale Angst vor dem Flug, bin davor noch nie geflogen aber es war wunderschön. Na ja habe davor auch zwei Stück Diazepan (Schlaftabletten) genommen und Karstens Hand so sehr festgehalten, dass er nach dem Urlaub wahrscheinlich noch Schmerzen hatte. Der Flug dauerte fünf Stunden. Als wir am Flughafen landeten, fuhren wir noch mal zwei Stunden bis zum Hotel. Karsten war total genervt. Das Hotel war sehr schön, die Palmen, überall Bananen, nur das Meer war nicht so toll, überall Vulkansteine. Aber da gab es noch einen Park, der hieß „Loro Parque". An manchen Tagen waren aber auch langweilig, oder wir verbrachten den ganzen Tag am Pool. Das einzige Schlechte am Hotel war das Essen. Jeder beschwerte sich darüber. Oft war uns so schlecht davon, dass nicht nur ich kotzte sondern Karsten auch.

Der Rückflug, hatte mir so viel Spaß gemacht, dass ich gar nicht mehr landen wollte. Am Flughafen, holten uns Karstens Eltern ab. Ich hatte im ganzen Urlaub, 16 Karten geschrieben, natürlich auch der Anja zu der ich seit Bad Neustadt wieder Kontakt hatte und die mittlerweile bei ihrem Freund wohnte.

Kaum waren wir Zuhause rief schon Fraya an und redete zwei Stunden mit Karsten und schon ging der Stress wieder los. Karsten meinte zu ihr, er wird ihr ein Nacktfoto von ihm schenken, die wir auch gemacht hatten aber die waren für uns gedacht. Ich war echt sauer, brachte meinen Mund wieder nicht auf. Ich wusste auch nicht ob er es ernst gemeint hatte oder nur aus Spaß. Ich jedenfalls fand es nicht lustig.

Ich fühlte mich auf einmal so ungeliebt.

Morgen ist Karsten bei Harald und wird spät Heim kommen, übermorgen genau so. Manchmal wünsche ich mir, ich sei tot, würde einschlafen und nie mehr aufwachen. Ich kann nicht mehr, mal sind die Gefühle zu Karsten da und manchmal auch nicht, das ist doch nicht normal.

Ich habe ihn mal wieder belogen, weil ich so eifersüchtig auf Fraya bin. Sagte ihm ich würde bei meinem Kumpel Stephan schlafen, den ich schon lange nicht mehr gesehen habe, da er in Ansbach wohnt. In Wirklichkeit war ich bei Oma und habe da geschlafen, aber irgendwie schien es ihn nicht all zu sehr zu stören. Damit er nicht sauer ist, hatten wir nachdem ich wieder zu Hause bei ihm war, Sex. Es war bei uns so üblich, wenn wir Streit hatten, dass anschließend der Sex folgte.

28.09.2000 War heut mit Karsten in Heidelberg, weil ich eine Therapie noch mal machen wollte. Drei Stunden sind wir gefahren. Dort musste ich erst mal einen Fragebogen ausfüllen. Sie wollten mich gleich dort behalten, wegen meinem Blutzucker, weil der so hoch war. Sie hätten mich zu erst auf die Innere Station gelegt. Die Kontaktsperre vor der ich die meiste Angst hatte wäre mindestens sechs Wochen lang gewesen. Ich heulte wieder, ließ mir einige Ausreden einfallen, damit ich es um eine Woche verschieben konnte, was auch funktionierte. Draußen, vor dem Klinikgelände wäre ich dann fast zusammengebrochen.

Natürlich war Karsten enttäuscht, wir sprachen kaum ein Wort auf der Rückfahrt. Er hat schon damit gerechnet dass ich doch nicht mehr die Therapie machen werde. Meine Eltern ließ ich im Glauben, dass ich in Heidelberg sei, was sie mir auch glaubten. Aber die Rettung nahte. Die Krankenkasse genehmigte mir die Therapie nicht.

An meinem Geburtstag, am 3.10. war es ziemlich langweilig. Nachdem wir in der Früh Sex hatten, setzte sich Karsten gleich an seinem Computer so ca. sieben Stunden, ich sah ab und zu Fern, kochte und langweilte mich. Fast keiner rief mich an. Anja nicht, Katja oder Stephan. Ein paar mal klingelte mein Handy aber es zeigte keine Nummer an, also ging ich davon aus das es Mutti oder Oma war, die noch immer dachten ich sei in Heidelberg. Nun erbreche mindestens zweimal täglich, wieso weiß ich nicht, vielleicht weil ich Karsten versprochen habe regelmäßig zu spritzen, was ich auch tu, aber ich wiege jetzt wieder 60Kg. Habe immer so einen Hunger wenn ich Insulin spritze. Gott sei Dank, ist unser Kühlschrank seit zwei Tagen lehr, sonst würde ich ständig essen und kotzen. Ich glaubte Karsten wartet mit dem Einkauf bis ich mein Krankengeld bekomme, aber wir waren dann doch einen Großeinkauf machen. Wenn der wüsste! Vor dem Urlaub habe ich mir einen Dispo einrichten lassen, er hat mich immer davor gewarnt, nun bin ich schon mit 3000,-DM in Minus, aber er weiß nichts davon. Er würde mich umbringen. Klar wunderte er sich immer wieso ich einkaufen kann wenn ich kein Geld mehr habe.

Als wir vom Einkaufen zurück waren, war ich fertig, mein Blutzucker war wieder über 600mg, Karsten interessierte es einen Dreck, er setzte sich wieder vor dem Computer und meinte nur, wenn es zwischen uns mal Schluss sein sollte will er so schnell keine andere, weil er seine Ruhe braucht. Ich sagte zu ihm es wäre dann doch besser Schluss zu machen und dass ich es überschlafen werde. Wir sprachen kein Wort mehr miteinander.

Es ist schon lange nicht mehr so wie am Anfang unserer Beziehung, er sitzt bis zu neun Stunden vor dem PC, an was gemeinsam zu unternehmen ist gar nicht mehr zu denken.

Anja war mit ihrem Freund und zwei weiteren Freunden in Urlaub. Die ist auch so komisch zu mir. Ich glaube sie mag Karsten nicht und würde sich bestimmt freuen, wenn Schluss wäre, aber bevor ich ihr diesen Gefallen tu, schränke ich die Freundschaft zu ihr etwas ein.

Karsten ist heut Abend wieder bei Harald, es ist schon etwas seltsam, in letzter Zeit ist er ziemlich oft da. Ich bin so verzweifelt, alles läuft schief, und alles ist mir auch egal. Unser Kühlschrank ist schon wieder lehr, die Kiste Wasser von gestern ist auch alle. Aber ich muss einfach abnehmen. Ich habe gelesen, dass wenn der Blutzucker hoch ist, ich jedes Mal beim pinkeln ca.400 Kcal. verliere. Jupie!!!

23.00 Uhr Karsten ist Heim gekommen, er flippte aus als er merkte dass schon wieder nichts zum Trinken da ist. Ich würde von langjähriger Beziehung sprechen, wie ich mir das vorstelle wenn mein BZ immer so hoch ist und mit der Arbeit gelingt es mir auch nicht. Was mir wichtiger ist. Die Beziehung oder das Abnehmen. Na ja, wenn er mich schon so fragt, beides. Nein, natürlich das Abnehmen. Das nächste mal, wenn ich im Krankenhaus liege wird er mich nicht mehr besuchen usw. Von mir aus, wenn er meint. Mir war sowieso alles egal.

In der Nacht schrieb ich ihm dann doch noch meine Meinung in einem Brief, dass er jedem Pfennig der er für mich ausgibt hinterher heult.
Er ist immer mehr abweisend zu mir, mir geht's immer schlechter, weiß nicht wo ich bei ihm dran bin. Erbreche ständig, wenn er nicht da ist und ich ihn vermisse. Habe wieder Dulcolax die letzte Nacht genommen, und wende meinen Blutzuckertest-Trick wieder an, Insulin mit Blut mischen, damit ich Karsten gute Ergebnisse präsentieren kann. Im Grunde betrüge ich mich sogar selbst damit, aber ich will dringend abnehmen und Karsten versteht mich einfach nicht, dass ich mich mit meinem jetzigen Gewicht nicht wohl fühle.
Meine Befürchtung das Karsten bald Schluss macht, wurde wahr. Er würde mich seit zwei Wochen nicht mehr lieben und dass es besser wäre, wenn ich ausziehe. Ich redete ihn mal wieder drei Stunden zu und versprach ihm normal zu essen und zu spritzen, wo ich mich nur einige Tage daran halten konnte, dann ging das Spielchen weiter. Vorgestern als wir Sex hatten hielt er meine Hände ganz fest. Die Bilder von der Vergewaltigung schossen mir wieder durch den Kopf, fing das Weinen an hoffte das er aufhören würde, denn er merkte ja dass ich weinte, aber er hörte nicht auf und ich lies ihn weiter machen in der Hoffnung dass dadurch seine Liebe zu mir wieder zurück kommen würde. Als wir abends ins Bett gingen fragte ich ihn ob er mich wieder liebt. Er war sich noch immer unsicher, ich kam mir so benutzt vor, heulte im Schlafzimmer und er im Wohnzimmer. Er meinte ich würde mich wahrscheinlich jetzt so fühlen, als ob er mich vergewaltigt hätte. Hätte er bloß nicht erwähnt, nun heulte ich noch mehr. Ich glaube es war ihm auch egal ob er mich noch liebt oder nicht, Hauptsache er hatte seinen Sex.
Am nächsten Tag war er sich plötzlich doch auf einmal wieder sicher dass er mich liebt, mich nicht verlieren möchte. Es war ein einziges auf und ab. Jetzt wusste ich wenigstens was er die letzen Monate mit mir mitmachen musste, mit mir und mit meinen Gefühlsschwankungen.
Immer wieder belüge ich ihn, versuche ihn eifersüchtig zu machen, und was zu erreichen. Erzähle ihm z.B. dass ich mich mit Christian getroffen hätte oder mit Stephan und jedes Mal glaubt er es mir. Hatte ich ein Stofftier gekauft und ihm erzählt es wäre vom Heinz. Mein Gott, der Schuss ging mehr nach Hinten los, als dass ich was Positives damit erreichte.

20.11.2000 Mein erster Arbeitstag seit langer Zeit im Altersheim. Vorgestern traf ich mich mit Roland, Karsten wusste nichts davon. Am Nachmittag bin ich dann mit dem Zug nach Ansbach zur Katja gefahren, mailte Karsten das ich mich mit Roland getroffen habe und das er mich geküsst hat. Hatte mal wieder den Nagel auf dem Kopf getroffen, denn er hat mich nicht richtig geküsst sondern nur ein Bussi gegeben. Karsten war sauer und schaltete sein Handy und das Telefon aus. Ich hatte solche Angst dass er Schluss macht. Am liebsten wäre ich wieder zurück gefahren. Katja und ihr Freund versuchten mich abzulenken. Wir bestellten uns Pizza. Ich aß drei Stück und anschließend war mir schlecht. Wollte kotzen gehen aber sie ließen es nicht zu .Am nächsten Tag als ich wieder bei Karsten war gab es eine heftige Diskussion. Er verlangte von mir dass ich diesmal wirklich ausziehe und ich war sogar damit einverstanden, machte mir keine weiteren Gedanken, dachte es wäre sogar besser für unsere Beziehung. Habe anschließend mir die Zeitung gekauft und schon eine Wohnung in Aussicht.

Meine Eltern sind auch wieder so komisch zu mir, wahrscheinlich passt es ihnen wieder nicht das ich mir was in der Pflege gesucht habe. Sie sagen immer ich schaffe es doch nicht. Mutti sprach kein Wort mit mir, als ich bei ihr war. Auch Oma war da und sagte nichts. Sie ignorierten mich die ganze Zeit. Wenn sie sich nicht unterhielten, starrten sie den Boden an. Ich hatte die Schnauze voll, nahm meine Sachen und ging. Wenigstens in der Arbeit läuft alles gut.

Karsten ist weiterhin so schlecht drauf, abweisend, sagt mir schon lange nicht mehr dass er mich liebt, und wenn ich ihn frage überlegt er eine weile und sagt mir dann dass er mich liebt. So richtig an unsere Liebe, daran geglaubt, habe ich als eines Tages ein Päckchen für mich kam mit einer Liebeserklärung und eine Duftlampe, von Karsten. Alles schien sich wieder zum Guten zu wenden, doch es war Karstens schlechtes Gewissen da er damals schon was mit Terry, seiner Jugendliebe hatte und mir noch nichts davon sagen wollte.

Mein Cousin geht mir auch die Nerven, ständig ruft er an, sogar in der Früh, wenn ich in der Arbeit bin in der Umkleide, wenn ich seine Nummer auf mein Handy sehe gehe ich schon gar nicht mehr ran. Er mailte mir, dass er in der Psychosomatik, stationär ist wegen Selbstmord mit Tabletten. Er tut mir schon leid, wünschte manchmal er wäre bei mir, möchte ihm helfen und habe oft ein schlechtes Gewissen, weil ich keine Zeit für ihn habe.

19.12.2000 Karsten hat vor einer Woche Schluss gemacht. Diesmal war es endgültig. Es war ein Abend wie jeder andere, wir gingen ins Bett schlafen, doch er stand wieder auf und ging ins Wohnzimmer, rauchte eine nach der anderen. Mir war klar dass etwas nicht in Ordnung sein musste, denn so reagierte er immer wenn er irgendein Problem mit mir hatte, wenn er auf mich böse war und sich nicht traute mir was zu sagen. Ich stand auch auf und er meinte er müsste mir was beichten. Angst stieg in mir auf. Dann sagte er mir dass er sich in eine andere verliebt hätte, dass ich sie nicht kenne und dass er aber nicht weiß, ob die überhaupt was von ihm will. Super sollte ich jetzt vielleicht so lang warten bis diejenige sich entscheidet? Ich verstand die Welt nicht mehr, vor kurzem hat er mir noch ein Päckchen zuschicken lassen, und nun so was .Ich wollte einfach nicht glauben das er eine andere hat. Ich war fertig, musste raus, rief Roland an, der in einer Stunde bei mir war, auch Anja hatte ich angerufen. Ich war froh als Roland dann bei mir war, er lenkte mich ab, wir fuhren zum Mc Donalds. Karsten machte sich schon Sorgen, es war mittlerweile schon 3.00 Uhr. Um 4.00 Uhr war ich zu Hause. Ich wollte es noch immer nicht wahr haben, aber zum Schluss hatte ich schon so eine Vorahnung.

Die darauf folgenden Tagen waren schwer, weil Karsten und ich uns besser als vorher verstanden. Aus der Arbeit versuchte ich immer wieder per SMS Karsten zurück zu gewinnen. Aber er will nicht mehr. Bis ich in meine eigene Wohnung kann dauert es noch einige Wochen, abends liege ich jetzt immer alleine im Bett und er schläft bei seiner Neuen.

War froh, wenn ich in der Arbeit sein konnte, so war ich abgelenkt, aber mir ging es da auch nicht sehr gut. Meine Mitarbeiter wussten von meiner Essstörung, und bekamen auch mit dass ich kaum noch was zu mir nahm. Oft war mir schwindelig, mein BZ war wieder hoch, mir war alles egal, außer meiner Arbeit.

Mein Cousin habe ich natürlich auch angerufen und heulend ihm erzählt was passiert sei. Er versprach mir im Februar wenn ich meine Wohnung habe nach Deutschland zu mir zu kommen. Er wollte zu erst zu seiner blöden Freundin nach Rumänien, die ihn wieder nur fertig gemacht hätte. So konnte ich ihn doch noch überreden zu mir zu kommen.

Silvester feierte Karsten mit seiner neuen Freundin bei Markus, er wollte mich auch mitnehmen, aber ich hatte keine Lust die beiden zu sehen. Ich stand alleine aufgestylt am Balkon und habe mir gewünscht in Bad Neustadt eingeschlossen zu sein. Keiner hatte mich angerufen, habe fünf Mal erbrochen und nur geweint. Dann rief ich Rene an mit dem ich seit kurzem zusammen war, aber auch nur deshalb um nicht alleine zu sein. Von Liebe konnte man da nicht reden. Er war genau das Gegenteil von Karsten. Klein, ungepflegt, normal gebaut. Selbst Karsten machte sich lustig, weil ich bis jetzt immer auf Bärchentypen stand und nun so was. Ich glaube auch er wusste dass zwischen uns keine Liebe bestand, zumindest nicht von meiner Seite. Als ich gerade am Telefon mit Rene telefonierte rief mich Roland auf meinem Handy an, und fragte mich ob ich nicht mit ihm zusammen sein möchte. Ich sagte zu ihm er wäre mir zu dünn usw. Rene bekam alles mit und war sauer. Die beiden kannten sich ja, waren sozusagen Freunde, aber nicht mehr lange. Um 3.00 Uhr ging ich ins Bett und um 4.00 Uhr musste ich aufstehen weil ich Frühdienst hatte, habe aber verschlafen und kam zu spät in die Arbeit.

Seit mit Karsten Schluss war konnte ich kaum noch was essen und nahm zu meiner Freude wieder ab. Am 6.01.01 hatte ich wieder Frühdienst, aber ich brach in der Arbeit zusammen, und sie ließen mich mit einem Taxi ins Klinikum nach Fürth bringen. Ich lag eine Nacht auf der Intensiv und dann auf der normalen Station. Ließ vom Arzt aus den Rene anrufen. Er ging ans Telefon und meinte er würde keine Andrea kennen, erst als ich selbst anrief. Er besuchte mich auch erst vier Tage später, war immer so aggressiv, meinte er würde es nicht mehr mit mir aushalten. Karsten wusste auch dass ich im Krankenhaus bin und besuchte mich bereits am nächsten Tag. Mit dem Essen hatte ich sehr große Probleme. Immer wenn das Essen kam musste ich heulen, brachte kaum was runter. Eine Schwester schlug mir vor immer bei mir zu bleiben während des Essens, aber ich wollte nicht. Die Ärztin wollte mich nach Erlangen in die Psychosomatik verlegen, aber das wollte ich auch nicht. Wenn ich dann doch mal was esse, erbreche ich es anschließend. Habe mich auch wieder am Unterarm mit der Rasierklinge geritzt, am liebsten hätte ich mir die Pulsadern aufgeschnitten.

Als ich entlassen wurde, vergaß ich einen Zettel in der Klinik, auf dem ein Gedicht über einen Selbstmord von mir geschrieben stand. Zu Hause stand plötzlich die Polizei vor der Tür. Karsten kam auch gerade von seiner Freundin. Die Polizei fragte ihn ob sie mich in die Psychiatrie nach Erlangen bringen sollen. Er meinte dass es nicht nötig wäre. Ich war ihm so dankbar. Dann folgte noch die Kündigung von meiner Arbeitsstelle und dass gerade jetzt wo ich am Umzug war. Ich fühlte mich so alleine, mit Rene habe ich auch Schluss gemacht, weil er nie Zeit hatte und ich ihn auch nicht liebte. Anjas Freund verbot ihr den Kontakt zu mir, weil ich angeblich die Beziehung zwischen ihnen gefährden würde. Alles lief schief, hatte kein Geld mehr, musste die Kaution bezahlen, und Roland lieh mir Gott sei Dank das Geld. Meine Eltern wussten noch nicht dass ich gekündigt worden war. Am 2.02.01 bin ich dann von Karsten ausgezogen. Roland half mir dabei, ich war jetzt mit ihm zusammen, aber auch wieder deshalb, weil ich Angst hatte vor dem Alleine sein. Unser Umzug ging bis 24.00 Uhr. Natürlich musste ich am gleichen Abend noch alles auspacken. Die Wohnung war noch lehr, außer eine Küche war drinnen, die ich von der Vormieterin übernommen hatte. Wir schliefen im Wohnzimmer auf den Boden. Ich wollte noch Sex mit Roland, wieso weiß ich nicht, vielleicht weil Karsten mir erzählt hatte dass er schon mit seiner neuen Freundin geschlafen hatte, aber zum Glück kam es nicht dazu. Mitten in der Nacht wurden wir gleichzeitig wach, es war so kalt und es dauerte eine ganze Weile bis der Nachtspeicher warm wurde. Es war schon irgendwie komisch in der Wohnung, musste immer wieder an Karsten denken, aber ich freute mich schon auf meinen Cousin der bald zu mir kommen würde. Jetzt wo ich wieder arbeitslos war hatte ich Zeit und wir würden jeden Tag dann ausgehen. Leider hatte man mein Handy gesperrt und Telefon hatte ich auch noch keines, so könnte ich mein Cousin nicht erreichen und er mich auch nicht, aber das Pech verfolgte mich weiter.

Einige Tage später, als ich beim Arbeitsamt war, um mich arbeitslos zu melden und mit meiner Oma sprach sagte sie mir, dass meine Eltern nach Italien gefahren waren. Zu erst war ich enttäuscht das sie mir nichts davon mitgeteilt hatten, aber sie fuhren nicht um Urlaub zu machen, sondern weil mein Cousin verstorben war. Ich konnte es nicht glauben, er hatte Selbstmord begangen und es diesmal auch geschafft. Ich war wie gelähmt, konnte es nicht glauben, nein ich wollte es nicht glauben, wir hatten doch noch vor kurzem miteinander gesprochen und jetzt soll er nicht mehr da sein? Die Frage „Warum?" ging mir dauernd durch den Kopf. Ich starrte immer wieder auf mein Handy und wartete dass er jeden Augenblick anruft, mich mit seinen Anrufen nervt. Das schlechte Gewissen kam über mich, weil ich oft nicht an mein Handy ging als er anrief, weil er mir vor kurzem einen langen Brief geschrieben hatte den ich kaum gelesen hatte, nur die erste Seite davon. Wahrscheinlich versuchte er mich die Tage vor dem Unglück vergeblich zu erreichen und ich war gerade da, nicht für ihn zu sprechen.

Tage lang weinte ich, sah sein Foto an und konnte es immer noch nicht glauben. Ich wollte auch sterben, wollte bei ihm sein. Roland versuchte mich so gut es ging, mich aufzumuntern. Ich allerdings, dröhnte mich mit Novalgintropfen zu, bis Roland eines Abends fast ausrastete und genervt ging, er kam aber wieder. Roland war schon immer sehr schlank, somit hatte ich besonders am Anfang der Beziehung große Schwierigkeiten mit dem Essen. Ich erbrach was immer ich zu mir nahm, und so kam es, dass ich sogar mein Wunschgewicht von 50kg erreichte, aber mir ging es dabei sehr schlecht, jeder sagte mir wie schlimm ich aussehen würde, und dass ich viel abgenommen hätte, was mir gefiel. Roland dagegen versuchte zuzunehmen, da er Angst hatte das ich ihn verlasse.

Es dauerte nicht lange und ich kam ins Krankenhaus. Es hieß zu erst ich sei ein Intensivfall, dann haben sie mich doch auf eine normale Station und als es mir wieder etwas besser ging warfen sie mich nach drei Tagen raus. Ich hatte aber weiterhin Schmerzen und Mutti wollte mich erneut ins Krankenhaus bringen aber ich war dagegen, stattdessen fuhr ich mit Roland nach Windach weil ich da eine erneute stationäre Therapie wegen den Essstörungen machen wollte. Beim Gespräch mit dem Therapeuten meinte der, ich müsse zu erst eine Trauma Therapie machen wegen der Vergewaltigung und anschließend eine gegen die Essstörung. Ich wollte keine Trauma Therapie machen wollte nicht und konnte nicht darüber reden, wenn dann auch noch andere ihre Geschichten erzählen, das schaffe ich nicht, da würde ich durchdrehen, laufend Anfälle haben und Heulkrämpfe. Ich schlug mir den Gedanken aus dem Kopf, wir fuhren Heim.

Mittlerweile sind Roland und ich vier Monate zusammen und wir hatten noch keinen Sex. Manchmal habe ich auch keine Lust mit ihm zu kuscheln. Er duscht viel zu selten, geht mit den Socken an Schlafen (Käsefüße), küsst mich in der Früh mit Mundgeruch was ich nicht mag.....Es sind noch so einige Sachen die mich an ihn stören, wo ich mir denke, wäre ich lieber alleine. Zum Beispiel ist er total unzuverlässig, kommt immer später Heim als versprochen und so was bringt mich auf die Palme, aber wir machen auch viel zusammen sind oft bei seinen Freunden, auf Partys und im Sonnenstudio. Manchmal frage ich mich schon, ob es überhaupt eine Beziehung ist oder mehr eine Wohngemeinschaft. Wenn Roland nicht bei mir ist, was sehr oft der Fall ist, da muss nur jemand anrufen, und schon springt er. Geht auch alleine auf Grillfeste ohne mich. Mein Leben dreht sich wieder nur ums Kotzen und Essen, Essen und Kotzen....Mein Bruder ekelt sich schon vor mir, weil ich wieder viel abgenommen habe ,sagt Magersüchtige zu mir und jeder meint ich sehe schrecklich aus, aber es freut mich, wenigstens sieht man das ich abgenommen habe.

Meine schnelle Gewichtsabnahme brachte mich kurz darauf, ins Krankenhaus mit einer Bauchspeicheldüsenentzündung. Es dauerte nur ein paar Tage und schon hatte ich diese Wassereinlagerungen im Körper ,ich heulte ständig wollte nichts mehr essen, die Schwestern versuchten mich davon zu überzeugen, aber solange ich meine Infusionen hatte, wehrte ich mich dagegen, deshalb machten die Krankenschwester es ohne Erlaubnis des Arztes ab. Dann kam eine total verrückte zu mir ins Zimmer ,die randalierte die ganze Nacht, erzählte mir auch von ihrer früheren Magersucht, und ich fühlte mich in ihrer Anwesenheit fett. Ich beschloss draußen im Flur bei den Schwestern zu essen. Eine Schwester kam immer nach dem ich gegessen hatte und ging mit mir eine Rauchen um mich vom Erbrechen ab zu halten. Oft funktionierte es auch aber nicht immer.

Roland besuchte mich kaum im Krankenhaus. Ich beschloss dass es besser wäre, wenn er von mir wieder auszieht, was er auch während der Zeit getan hat. Ich führte mit ihm noch eine heiße Diskussion, als ich aus dem Krankenhaus draußen war. Er verdrehte alles, meinte ich wäre nie zu hause, wäre nicht selbstbewusst genug und er hätte keine Lust mit einer zu schlafen, die sich im Bett kaum bewegt.

Da fällt mir nur eins dazu ein, wir hatten das mal mit dem Sex versucht, aber bei ihm ging nichts. Um drei Uhr nachts saßen wir in der Küche und unterhielten uns. Er hatte Angst, impotent zu sein, wollte zum Therapeuten gehen.....Ich sah damals das Ganze nicht so tragisch. Das zum Thema Roland.

Die Monate danach war viel passiert, ich lernte einen Mann nach dem anderen kennen, aber nie war der Richtige dabei, Alkoholiker der mir abends nur so das Geld aus der Tasche zog, weil er seine Flaschen Bier brauchte, dann Bekanntschaften aus dem Radiosender.....An einem Wochenende war ich bei meiner ehemaligen besten Freundin Katja und ihrem Freund in Ansbach. Ich nahm bei ihr innerhalb einigen Tagen drei Kg zu weil es verboten war bei ihr zu erbrechen, dafür freute sich Mutti. Als sie an einem Tag in der Arbeit war, unterhielt ich mich mit ihren Freund, über Bulimie. Er fast mich an der Taille an und begann mich zu küssen, ich wehrte mich, erinnerte ihn an die Katja, er gab nicht nach. Meinte, ich sei so schön, und dass die Beziehung zu Katja nicht mehr lange gehen wird. Tränen stiegen in meine Augen, und kurze Zeit später stand Katja vor der Tür. Er bat mich ihr nichts zu sagen, aber sie merkte dass etwas nicht mit mir stimmte. Als ich es ihr, Wochen später erzählte wollte sie es mir nicht glauben.

Am 18.09.01 ging ich nach Erlangen, zur stationären Therapie, dies sollte meine letzte stationäre sein. Ich hatte mich mehr oder weniger selbst dazu entschlossen. Meine Hausärztin meinte wenn ich nichts gegen meine Essstörungen unternehmen werde, würde ich meinen 22.Geburtstag nicht mehr erleben. Ich wüsste das ich in der Therapie wieder zunehmen werde, aber es freute mich auch, denn ich ging da auch in der Hoffnung hin jemanden kennen zu lernen der auch ein Problem hatte und der mich in einer Beziehung besser verstehen würde. Karsten hatte ich trotzdem nie vergessen, meine große Liebe, die ich so sehr verletzt hatte, so viel Falsch gemacht hatte und mir erst später bewusst wurde, als alles zu spät war, aber ich würde auf ihn warten, egal wie lange es dauern würde. Ich liebe ihn noch heute und ich werde keinen Mann mehr so sehr lieben wie ihn.
Da war Chris. Er erinnerte mich an Karsten, nicht nur vom Äußeren, auch vom Verhalten teilweise. Ich war immer total aufgeregt wenn er in meiner nähe war. Traute mich nicht an ihn rann, hatte Angst, ihn an zu sprechen. Konnte mich gar nicht mehr richtig auf die Therapie konzentrieren, freute mich als wir zusammen Küchendienst in der Klinik hatten, spielte mit dem Gedanken wegen im die Therapie abzubrechen.
Aber ich vertraute mich einigen Personen an, die ihn auch darauf ansprachen. Ich selbst schrieb ihm auch einen Brief in dem ich ihm meine Gefühle offenbarte.
In der Therapie erbrach ich mehr als zu Hause. Denn eines Tages machten wir eine Körperreise in der Körpertherapie. Ich bekam einen Anfall, weil ich an die Vergewaltigung erinnert wurde. Ich war froh dass Chris nicht bei mir in der Therapiegruppe war. Ab diesem Zeitpunkt musste bzw. sollte ich immer wieder über dieses Geschehen sprechen.
Es war in der Tat zum Kotzen. Hatte Angst im Speiseraum vor den anderen zu essen und erbrach wann immer ich Zeit dazu hatte, nahm haufenweise Abführtabletten und mir ging es immer schlechter. In der vorletzten Woche, in der Chris aus der Therapie entlassen wurde kamen wir zusammen, und in der Zeit wo er draußen war wurde ich ins Krankenhaus auf die Intensiv verlegt. Ich hatte starke Schmerzen, ließ mir aber ein paar Tage später nichts mehr anmerken um entlassen werden zu können.

Als ich mit Chris vier Monate zusammen war, zog ich aus meiner alten Wohnung aus, suchte mir eine kleinere und günstigere Wohnung, davor wohnte ich fünf Wochen bei Anja. Chris wohnt in Erlangen, aber er kam fast jeden Tag zu mir. Ich hab ihn sehr lieb, er macht alles für mich, ist immer für mich da, aber was mich am Anfang nervte ist, dass er keine eigene Meinung hat, zu allem Ja und Amen sagt, und so sehr klammert. Nach der Therapie ging es mir beschissen, wie noch nie, Chris machte ziemlich viel mit mir durch, dachte nur, wie Karsten, außerdem sprach ich auch viel mit ihm über Karsten, ich sah irgendwie Karsten in Ihn. Ich wusste von Anfang an dass er etwas Besonderes ist. Wie gesagt, Chris machte mit mir eine Menge mit. Nach der Therapie hatte ich jeden Tag ein paar Anfälle, hatte starke Schmerzen, die ungeklärt waren, es hieß immer es sei psychosomatisch, verlangte von meiner Mutti Valium, weil ich vor Schmerzen nicht einschlafen konnte. Nahm haufenweise Novalgintropfen, hatte Angstzustände, so starke, das Chris mich mal im Schrank fand, hatte die ganze Nacht da verbracht.

Als ich bei Anja war, kochte ich für sie, machte den Haushalt, und in der Beziehung wurde es immer schlimmer.

Wir wollten testen was Chris noch so alles in der Beziehung duldet. Also kamen wir auf die Idee, bei ihm an zu rufen, und ihm vor zu lügen, dass ich mich in Anja verliebt hätte und eine vierer Beziehung möchte. Chris machte sich Sorgen und wollte gleich vorbei kommen um mit mir zu reden. Klar war er sauer als ich ihn aufgeklärt hatte. Dann war da noch eine Sache die ich mir geleistet hatte. Er kam eines Abends mit Rosen und einem Brief, stur wie ich war, wollte ich die Blumen gar nicht, also schenkte ich sie Anja, für ihren Freund, weil die auch Streit hatten. Später kam natürlich alles raus. Chris hatte ich damals erzählt das Anjas Hasen die Rosen gefressen haben, was er mir natürlich geglaubt hat.

In der Zeit wo ich bei Anja war habe ich auch ziemlich viel abgenommen, teils mit hohem Blutzucker, teils dadurch das ich kaum was aß. Einmal wollte Chris mich sogar ins Krankenhaus bringen, weil ich wieder so schwer atmete, mein Keton war hoch, hatte Brechreiz und konnte kaum auf den Beinen stehen, aber ich bekam es wieder von selbst in den Griff.

War oft am Überlegen, ob ich lieber die Beziehung zu Chris beenden soll, denn es war wie immer bei mir mit meinen Gefühlsschwankungen, war er da dachte ich schon wieder an Karsten, war er nicht bei mir, vermisste ich ihn. Aber das war mir schon bekannt. Ich hatte mir geschworen nicht die gleichen Fehler bei Chris zu machen wie in meinen vorigen Beziehungen mit Karsten, aber ich machte die gleichen Fehler unbewusst.

Eines Abends war Chris bei mir, da war ich schon in meiner neuen Wohnung, aber ich war eis kalt zu ihm. Ich gab ihm kein Bussi, redete kaum mit ihm und warf ihn anschließend raus.

Es wunderte mich, aber obwohl in meiner Beziehung so ein Durcheinander herrschte, musste ich gar nicht erbrechen, aß normal, machte mir nicht mehr so viel Gedanken über mein Gewicht. Ich wollte schon mit Chris Schluss machen, weil ich ein total schlechtes Gewissen hatte, aber wir setzten uns am Tag danach gemeinsam hin und diskutierten es aus..
Etwas Gute hatte die ganze Sache dann doch, denn seit dieser Sache, kam Chris uns wieder näher. Ich verstand nicht, wieso er mir noch eine Chance gab nach dem ganzen Mist, aber ich war glücklich darüber. Er ist total lieb.
War jetzt immer knapp bei Kasse, durch meine ganzen Schulden, die ich noch immer in Raten begleiche durch den Dispo den ich damals bei Karsten machte. Bin froh wenn meine Eltern mir auch immer etwas Geld geben. Denn ich aß kaum was, tat immer das Geld zur Seite, falls ich Besuch bekam, damit ich was den Leuten anbieten kann. Ich manschte mir selbst immer irgendwas zum essen zusammen. Einmal sogar Mehl mit Wasser, in einer Pfanne, da ich das bisschen Geld sparen wollte. Kaufte keine Zigaretten, sondern drehte selbst den Tabak.

Einmal saß ich in der Straßenbahn mit zwei Einkaufstüten. Als ich ausstieg merkte ich die Blicke der anderen, denn ich las gerade ein Buch über Bulimie und war dabei auch noch was zu essen. Mir kam der Gedanke, dass einige Leute wahrscheinlich jetzt denken, (trank auch viel, weil mein Blutzucker sehr hoch war) die hat einen Fressanfall, jetzt viel trinken und anschließend alles erbrechen.
Es kam auch so. Nach einiger Zeit, erbrach ich wieder öfter. Wann immer ich Geld beiseite gespart hatte, kaufte ich mir was zu essen. Ich aß schon aus Langeweile, nicht weil ich Hunger hatte. Dieses Gefühl kannte ich schon lange nicht mehr. Meistens wenn ich Stress habe, bekomme ich immer einen Fressanfall, kann es aber nicht kontrollieren.
Da es mir die letzten Tage sehr schlecht ging, musste ich immer öfter Anja absagen. Die warf mir dann Sachen an den Kopf, versuchte mir ein schlechtes Gewissen ein zu reden, wobei ich hinterher immer einen Fressanfall hatte. Manchmal ritzte ich mich sogar anschließend, was ich auch lange nicht mehr getan hatte.
Ich ging davon aus, dass es in Zukunft mit der Hilfe und der Unterstützung von Chris, meine Essstörungen besser in den Griff bekomme, aber es drehte sich wieder mal alles ums Essen. Es kam mir so vor als würde alles nur schlimmer werden seit ich mit Chris zusammen bin aber das war doch immer, in allen Beziehungen die ich bisher hatte so. Ich redete es mir halt ein, ich redete mir viel Scheiße ein. Zwar sagte er mir x-mal am Tag, dass ich O.K. bin, so wie ich bin, und dass er mich so liebt, wie ich bin, aber dass zu glauben viel mir schwer. Tage lang hätte ich heulen können da ich ein Gewicht von 54Kg hatte und mich zu fett fühlte. Dabei hatte ich, als wir uns kennen lernten über 60Kg und fühlte mich besser, aber um so mehr ich ab-

nahm, um so fetter fühlte ich mich wieder, wie die anderen male auch, dass mir das nie klar bzw. bewusst wurde.

Meist hatte ich immer dann einen Fressanfall wenn ich an Karsten ständig denken musste und das Schlimmste, Chris tolerierte es auch noch. Er war mir nicht mal böse.

Mittlerweile fiel es mir auch immer leichter zu erbrechen, es geschah fast von selbst. Es gibt zur Zeit fast keinen Tag, an den ich nicht erbreche, und letztes mal, als ich bei Mutti war, wog ich mich (52Kg) ich sagte zu ihr das ich mich noch immer so fett fühlen würde. Sie meinte aus Spaß ich sollte dann nicht mehr so viel essen. Natürlich nahm ich es ernst und heulte zwei Tage lang. Alles was ich in den Zwei Tagen zu mir nahm habe ich erbrochen. Das einzige Gute ist, das mein Blutzucker recht gut passt.

Ein paar Wochen später war ich mit meinem Gewicht bei 48 Kg. Fühle mich fürchterlich, ekelte mich, wenn Chris mich berührt, es nervt mich wenn er da ist, mir Ratschläge gibt um es besser in den Griff zu bekommen. Habe seit Wochen keine Lust mehr mit ihm zu schlafen. Ich hasse ihn wenn er so lieb zu mir ist. Manchmal provoziere ich sogar Streit, und kaum ist er weg vermisse ich ihn wieder. So blöd es auch klingen mag, habe ich das Gefühl ihn mehr zu lieben wenn er auf mich böse ist, mich anschreit.....

Einmal habe ich ihn sogar aus meiner Wohnung raus geschmissen, weil ich kurz vor einem Fressanfall wieder war, danach alles erbrochen. Manchmal ging es mir so scheiße dass ich wieder Selbstmordgedanken hatte. Ständig Anfälle wegen der Vergewaltigung hatte, meistens wenn was davon im Fernseh kam, wenn ich wieder vor etwas oder jemanden Angst hatte.

Ich war der Überzeugung dass ich es mit Chris meine Essstörungen in den Griff bekomme, aber es ist nicht so, obwohl er mich in allem unterstützt, hinter mir steht, immer für mich da ist, und nie zu etwas drängen würde, e-gal ab Sex, oder in Sache Essstörungen. Er würde es mir nie verbieten nicht mehr zu erbrechen, er versucht mich zwar davon mit Reden ab zu halten, aber es funktioniert nicht. Er ist mir auch nie böse, so wie in meiner früheren Beziehung, da fühlte ich mich manchmal von Karsten so unter Druck gesetzt, dass die Essstörungen nur schlimmer wurden.

Aber der Teufelskreis geht weiter, und ich weiß nicht wie lange noch. Ich kann mir ein Leben ohne die Essstörung gar nicht mehr vorstellen, weiß a-ber dass ich so auch nicht mehr weiter leben möchte, denn die Bulimie hat auch so seine Spuren hinterlassen. Meine Haare sind dünn und spröde ge-worden, meine Zähne sind kaputt, und das Schlimmste, meine Verdauung funktioniert kaum noch. Benötige immer wieder Abführtabletten. Sobald ich ein paar Tage keine nehme, bläht sich mein Bauch, und ich fühle mich wieder fett und dick, vor allem, wenn ich dann meinem Bauch betrachte. Ich habe kaum Geld, hatte schon überlegt auf den Strich zu gehen, vor lau-ter Verzweiflung. Die verdienen ja gut und abschalten kann ich auch. Traue es mich aber doch nicht. Tja, mein Geld langt mal wieder hinter und vorne nicht. Klopapier wird von mir, nicht gekauft, sondern ich gehe zum Amt das gleich über der Straße ist und klaue dort in Einkaufstüten Klopapier. So spare ich mir das Geld für Essen. Hi, hi!

Auch wenn ich versuche das Frühstück hinaus zu zögern, und abends normal esse, beginnt die Panik sobald ich mich voll fühle. Alles was ich an dem Tag gegessen habe wird dann im Kopf aufgezählt, natürlich auch die Kalorien.

Im letzten Jahr habe ich viel Mist gebaut. Ich habe Chris und vor allem Karsten in so vielen Sachen verletzt, und Chris hielt immer noch zu mir. Ich habe ihn belogen.....

Immer wieder werde ich daran erinnert, wie viel Mist ich gebaut habe, habe ein schlechtes Gewissen Karsten gegenüber. Und am meisten Angst habe ich vor der Reaktion meiner Freundin, die schon immer auf ihn eifersüchtig war und wahrscheinlich jetzt sich wahnsinnig freut dass wir nicht mehr zusammen sind.

Chris war der Meinung, dass vieles von meinem Verhalten mit der Persönlichkeitsstörung zu tun hat, wobei er Recht hat, ich mir aber nie sonderlich große Gedanken darüber gemacht habe. Aber ich gerate immer von einem Extrem ins andere. Es gibt kein Mittelmaß. Entweder es geht mir total schlecht oder extrem gut.

2008!

Mir war bewusst dass ich so einiges in meinem Leben ändern muss, will....
Mein Leben versuchte in den Griff zu bekommen, mir Ziele setzte, die ich
Schritt für Schritt erreichen würde, alleine oder mit einer weiteren Person.
Begann eine ambulante Therapie obwohl Angst zuzunehmen sehr groß war,
vor allem, die Angst in der Therapie über die Vergewaltigung zu sprechen.

Es ist noch sehr viel Zeit vergangen in der auch sehr viel noch passiert ist.
Chris fuhr ein Wochenende weg, ich dachte zu seinem Freund. Er sagte mir
erst Bescheid als er schon auf der Fahrt war. Ich versuchte ihn immer wieder zu erreichen, leider ohne Erfolg. Angeblich war der Empfang so
schlecht am Handy. Ich glaubte ihm alles, freute mich schon auf die Rückkehr, weil ich ihn so vermisst hatte. Als er an jenem Abend zurückkam, hatten wir miteinander geschlafen. Am nächsten Tag in der Früh, erfuhr ich
von ihm, dass er bei einer Tussi war, die sich in ihn verliebt hatte.......er hatte sie im Internet kennen gelernt, mit ihr Sex gehabt,........ kann Menschen
nicht lange böse sein und deshalb hoffe ich auch das mir ein Menschen auf
diesem Wege eines Tages auch verzeihen kann...Karsten. Mit Chris war
Schluss, diesmal hatte ich die Beziehung beendet, denn seit der Internet Geschichte von ihm war alles anders. Zum ersten mal machte ich mir ernsthafte Gedanken über meine Zukunft, ich wollte nach der Umschulung Kinder,
was Chris auch wollte...wie aber sollte es funktionieren, wenn er noch nie
etwas gearbeitet hatte und es auch nie vor hatte. Nein, ich konnte mir so eine Zukunft nicht vorstellen. Nicht vorstellen dass ich es wirklich so, mit
meinen Essstörungen in den Griff bekommen würde.
Es dauerte wie es meistens so war, nicht lange und ich lernte meinen jetzigen Mann kennen. (Ja, ich habe es geschafft und bin auch mittlerweile, seit
dem 08.08.2008 verheiratet). Er wohnte ein Jahr mit in meiner kleinen Ein-
zimmerwohnung, bis wir uns nach einem Jahr gemeinsam eine größere
Wohnung suchten.
Diesmal war ich bereit was zu ändern. Ich hatte keine Lust mehr auf das
damalige Leben, wenn man es als Leben sehen kann. Ich wollte endlich mal
einen festen Partner und das für den Rest meines Lebens. Natürlich muss
man dazu auch zusammen passen und ich war mir sicher dass es funktionie-
ren könnte, da wir eine Zeitlang am Anfang nur befreundet waren und erst
dann ein Paar wurden.

War und ist anders. Er hat einen festen Job, obwohl es mir nicht wichtig war was er machte, er hätte genauso gut Toiletten putzen können....er sieht gut aus, er liebt mich (heute weiß ich es) und durch ihn und mit ihm, habe ich es geschafft von der Ess-Brech-Sucht los zu kommen.

Anfangs war es führ ihn auch nicht leicht. Es war für ihn genauso eine neue Situation, die es nicht kannte, wie für die anderen mit denen ich davor eine Beziehung hatte..

Als er bei mir wohnte, hatte ich auch noch meine Fressanfälle, warf ihn oft aus der Wohnung raus, bis ich mit meinem Fressanfall fertig war und mit dem erbrechen, hatte auch in dieser Beziehung, anfangs Gefühlsschwankungen....das volle Programm wie davor auch. Konnte keine Nähe ertragen, hatte Angst vor ihm zu essen, schlief Nachts auf der Cautsch, wegen der Nähe zu ihm. (Dieses Problem, mit der Nähe habe ich heute noch teilweise). Hatten in der ganzen fast fünf Jahren, uns vier mal trennen wollen, aber es nie geschafft.

Hatte heimlich die Pille abgesetzt, aber nicht weil ich dringend ein Kind wollte, nein grad weil ich nur von ihm eins wollte, von dem Mann bei dem ich mir 100% sicher war, dass es der Richtige ist. Nach einigen Monaten wurde ich schwanger und hatte in der 4.Woche einen Abgang, ich blutete wie eine......ich war so traurig, fertig mit meinen Nerven, dass ich noch am selben Tag zum Therapeut ging. Ich war selbst Schuld, denn ich hatte von meiner Ärztin, Bettruhe verordnet bekommen und hielt mich nicht daran, war sogar in Prüfungsstress, mein BZ war sehr hoch, ganz nebenbei erführ ich von ihm, dass er noch keine Kinder will. Ich traute mich nichts zu sagen. Weinte heimlich, wollte es ihm sagen, es loswerden, doch ich hatte solche Angst vor seiner Reaktion, denn wenn er wirklich verärgert war, konnte er mir wirklich, wirklich so eine Angst machen, dass ich wieder Flashbacks bekam und diese waren schlimmer als die Jahre davor. (Anzeichen: Atemnot bekommen, verkrampfte mich und verletzte mich dabei selbst, schwebte zwischen zwei Welten, könnte man sagen. Ich hatte zwar die Bilder von der Vergewaltigung im Kopf, hörte aber gleichzeitig was in der Realität und zum wirklichen Zeitpunkt, um mich geschah, bzw. hörte meinen Mann zu mir sprechen). Irgendwann erführ er es doch und obwohl er mir das Gefühl von Desinteresse gab, glaube ich doch, dass er tief in sich ganz schön traurig war und vor allem traurig, weil ich ihm nichts davon erzählt hatte.

Vor dem zusammen ziehen in eine neue Wohnung hatte ich auch Angst, mir war klar dass ich ihn nicht mehr aus der Wohnung raus schmeißen konnte, wenn ich mal einen Fressanfall hatte, da es nun auch seine Wohnung war. (Aber mein Mann hatte mir nie verboten, kotzen zu gehen, oft ging ich dann auch, wenn er auch mit in der Wohnung war) Er versuchte mich nur immer dann ab zu lenken und das war mir auch wichtig. Er steht zu mir ist immer für mich da, er hat dann aber auch diese andere Seite, wie gesagt, mit der ich die ganze Zeit über nicht klar kam. Seine plötzlichen Aggressionen. So was hatte ich zuvor nie erlebt dass ich vor einem Mann solche Angst hatte, wenn er schlecht gelaunt war, bzw. mich anschrie.

Ich wollte ihn nie aufgeben, auch wenn ich oft nicht mehr konnte, ich liebe ihn und ich wusste damals dass es für deine Aggressionen auch einen Auslöser geben muss.

So wie er mir versucht hat zu helfen, mit meinen Essstörungen, wollte ich auch für ihn da sein, mit ihm reden, ihm versuchen irgendwie zu helfen….

Einige Leute warnten mich vor ihm, vor einer Beziehung, einer Ehe mit ihm. Ich dachte es kann ja nicht alles erfunden sein, etwas Wahres ist immer dran.

Es dauerte lange, ihn zum Reden zu bringen, aber danach war ich mir noch sicher dass er der Richtige ist.

Wie schon erwähnt hatte er es Anfangs auch nicht leicht mit mir, genau wie die anderen. Ich hatte nach so vielen Jahren, Karsten wieder getroffen, der mittlerweile getrennt war, von seiner Frau….ich überlegte eine Zeitlang zu Karsten zurück zu gehen, meistens wenn ich mal wieder Angst vor meinem jetzigen Mann hatte, oder mit ihm Streit.

Es dauerte gute zwei Jahre bis ich so wurde, wie ich jetzt bin und ohne Michi, hätte ich es womöglich nicht geschafft. Zwar habe ich noch Rückfälle, erbreche durchschnittlich einmal in zwei Monaten, aber mir geht's gut damit. Nehme seit langem keine Dulcolax mehr….arbeite seit drei Jahren wieder in einem Altersheim ohne Probleme mit dem BZ oder Essstörungen, halte mein Gewicht und bin mit meinem Mann sehr glücklich und unsere Liebe ist durch die Hochzeit noch intensiver geworden. Ich habe gelernt was Liebe ist, was Leben bedeutet. Vor allem habe ich ein super Verhältnis mitlerweile zu meinen Eltern und bin auch sehr glücklich so tolle Schwiegereltern zu haben.

Ich kann es zum ersten mal wieder genießen mit einem Mann zu schlafen, mit meinem Mann, ohne dabei „ab zu schalten". Ich bin mir sicher den richtigen Weg gewählt zu haben und freue mich auf die Zukunft. Was die Zukunft bringt, weiß keiner, aber ich mag nicht mehr auf "Zeit" zu leben! Ich weiß aber dass ich lange noch nicht geheilt bin, aber ich kann sagen: „Ich habe alles unter Kontrolle"!

SCHLUSSWORT

Ich habe dieses Buch in erster Linie für mich geschrieben, für andere, die sehen können, dass es nicht nur ihnen so geht wie mir. Anfangs dachte ich auch immer ich würde alleine da stehen, aber vielen wird meine Geschichte bekannt vorkommen, indem sie auch einen Teil von sich erkennen. Es ist schwierig eine normale Beziehung zu führen, wenn man sich selbst nicht liebt. – Wird man nie lieben können. So schwierig wie sich meine Beziehung zu Karsten gestaltet hat, ich werde diese Beziehung nie vergessen, schon aus mehrere Gründen, diese Sachen die, ich ihm
Angetan hatte, dem Menschen der sich am meisten um mich gekümmert hatte und mich am meisten (von der damaligen Sicht aus) geliebt hatte, habe ich von allen Menschen am meisten verletzt. Die Frage von Karsten, von damals, wie ich mir eine Zukunft vorstelle - Die Frage, die er mir stellte, heute hätte ich es ihm beantworten können. Aber ich werde den richtigen Weg wählen und mein Leben in Ordnung bringen, der Rest hat Zeit, - Wie gesagt, wenn man sein Leben nicht im Griff hat, kann man bzw. sollte man es nicht mit jemanden teilen den man liebt - es geht nicht -
Der erste Weg zur Heilung ist die Erkennung, dass man an einer Essstörung leidet.
Umso früher man mit einer Therapie beginnt, umso besser sind die Heilungschancen.
Essstörungen haben nicht immer was mit Schlankheitswahn zu tun, sie sind vielmehr Symptome für Stress, tiefe emotionale Schäden oder psychologische Probleme, wie sexueller Missbrauch, körperliche oder geistige Misshandlungen. Essstörungen können nach dem Bruch einer Familie entstehen. Durch Scheidung oder Tod verursacht worden sein. Aber auch wenn man ein Kind von klein auf, keinen Freiraum lässt, es zu sehr verwöhnt können psychische Schäden, wie Essstörungen entstehen. Es muss nicht immer aus etwas negativen heraus entstehen. Es kann auch das Zerbrechen einer Beziehung, Sexuellen Konflikt, Mobbing am Arbeitsplatz oder Leistungsdruck der Auslöser dafür sein.
Zu essen, wenn man hungrig ist, würde bedeuten, das man dem Körper zutraut, sicher zu wissen was er braucht und was er nicht braucht. Ich kann es manchmal noch immer nicht genau sagen, was ich brauche, was mir gut tut und was nicht, oft aus einer inneren Unruhe raus. Ich empfand lange Zeit keinen Hunger- oder Sättigungsgefühl. Es fiel mir sehr lange schwer, meinen Körper wahr zu nehmen. Nach einem Fressanfall, tauchen immer wieder diese zwei Stimmen auf, ich nannte sie die Gute und die Böse.
Das Vertrauen in die Weisheit des Körpers haben viele verloren. Sie erkennen die Botschaften des Körpers nicht mehr und können entsprechend auch

nicht adäquat darauf reagieren. Der Körper ist zu etwas Fremden geworden, das als bedrohlich empfunden wird und kontrolliert in Schacht gehalten werden muss. Statt gegen den Körper zu kämpfen, den man als fremd empfindet muss man mit seinem Körper zusammen arbeiten, auf die gute Stimme in sich hören.

Jeder Essgestörte, belügt sich, wenn er der Überzeugung ist, es alleine zu schaffen aus diesem Kreislauf heraus zu kommen. Nein, man ist wie ohnmächtig. Der bulimische Anfall verselbständigt sich. Nicht das Bewusste Ich, sondern das Unterbewusste, übernimmt in diesem Moment die Führung.

Es ist daher schwer einen Anfall zu kontrollieren, denn Stress und andere Emotionen werden nicht mehr so sehr realisiert. Wäre einem Essgestörten bewusst, zu welchem Zeitpunkt ein Anfall bevor steht, und das Unterbewusste nicht die Führung übernehmen würde, käme vielleicht eine Kontrolle über den Anfall in frage.

Doch ich habe es geschafft. Ich hatte die Wahl zwischen Qual, alleine sein, oder es schaffen durch Hilfe, durch Einsicht…. und damit zu erfahren was Leben ist, was Liebe ist, wie schön das Leben in einer „normalen" Beziehung sein kann.

Es hat mich sehr viel Kraft gekostet und ein Rückfall gibt es bei mir heute noch ab und zu. Davon geht aber keine Welt unter und wer kann einem eine Zeit sagen, ab wann man nicht mehr mit der Diagnose Magersucht, oder Bulimie leben kann.

Die Diagnose bleibt immer und wenn manche das Wort Bulimie nicht mehr kennen, werden Jahre vergehen müssen, ohne einen Fressanfall oder eine Diät gehabt zu haben. – Dies schaffen nur sehr wenige – aber es wird immer zu einem gehören, zum Lebensinhalt gehören und es ist schon mal ein sehr großer Erfolg wenn man es schon so weit schafft.

Mein Rat an alle Betroffene, so bald wie möglich mit einer Therapie beginnen. Es gibt aber auch kein „Zu spät". Man muss es nur selbst wollen. Es nütz einem keine Therapie, wenn man nicht selbst dazu bereit ist.